JN195927

# ワンナイトラブストーリー

一瞬で永遠の恋だった

スターツ出版編

Contents
コンテンツ

写真／歩雪のわ

装丁／北國ヤヨイ（ucai）

# この関係には名前がない

ねじまきねずみ

六月。深夜一時。

とあるマンション。

――ガチャ、ガチャ。

――ガチャガチャガチャ。

あれ？　おっかしいなぁ……。

自宅玄関のドアの前。

鍵穴に鍵をさして、何度もドアノブを回すけれど、なぜかドアが開かない。

――ガチャ、ガチャ。

――ガ……カチャリ。

突然、ドアがふわりとこちらに向かって開く。

あーよかった。これで眠れる。

「いい加減にしてくれませんか？」

苛(いら)ついたような低い声が頭の上から聞こえる。

「え？　誰？」

なんで人がいるの？

「私の部屋で何して――」

「俺の部屋ですけど？」

「え？　そんなはずないです」

オートロックのエントランスを抜けて上がってきた、メゾンNNの五階。絶対に私の部屋。

私の部屋から出てきた男性が、大きなため息をつく。

パーカー姿の彼は黒いミディアムヘアで、怒り気味だからか目つきが少し鋭い。見たことがあるような、ないような顔……怒られながら、そんなことをぼんやりと考えていた。

「あんたの部屋、隣じゃない？」

その一言で、サーッと血の気が引いた。

酩酊（めいてい）気味でぼーっとしていた脳みそも、一気に正気に戻っていく。

「す！　すみませんでした！」

夜中に酔っ払って人様の家のドアをしつこく開けようとする……警察を呼ばれてもおかしくない事態だ。

「もういいよ。酔っ払ってんでしょ？　早く帰って寝なよ」

「あ、ありがとうございます」

「おやすみ」

そう言って、彼はドアを閉めた。

それがお隣さん、真下仁くんとの、申し訳なさすぎる出会いだった。

◇

八月。夜十時三十分。

「案件残ってるなら、もうあと三十分早く言ってよ～って感じ」

「それでこの時間まで残業ですか」

「そ。やーっとゆっくり〝この子〟と過ごせる」

「この子って」

真下くんに苦笑いされながら私、木崎心・二十五歳はビールのタブを開けて、プシュッと音を鳴らす。そしてそのままグビッ。

「あー生き返る～！　やっぱり私の味方は君だけだ～好きー」

そう言って、ビールの缶にチュッとキスする。

〝この子〟こと冷蔵庫でキンキンに冷えているビールが、私の帰りを待っていてくれるパートナー。

「お疲れさま」

そう言って、真下くんがいつも飲んでる輸入ビールの瓶を傾ける。

あれから私たちは、家で乾杯するほど親しい間柄に——まではなっていない。

私たちがいるのはお互いの部屋のベランダ。

ふたりの間には白い仕切り板がある。

私たちは、ベランダで会話をしながら気まぐれに乾杯するくらいには親しいお隣さんになっていた。

◇

あんなに迷惑なことをしてしまった翌土曜日の午後、私は近所のケーキ屋さんで焼き菓子を買って謝罪に行った。

『本当に申し訳ありませんでした！』

面倒そうでもドアを開けてくれた彼に深々と頭を下げる。

『もういいですよ、別に何か被害があったわけでもないし』

『でも夜中に起こしてしまって』

『起きてたんで大丈夫です。それより気をつけた方がいいですよ、隣人が悪人って場合もあるんだし』

年下にしか見えない彼に、もっともな指摘をされてしまう。

『ですよね……こんなこと今までなかったんですけど……。本当に申し訳ありません』

『まあとりあえず何もなかったんだし、今回のことは気にしなくて大丈夫ですよ。俺も昨日は言葉がキツかったし。頭を上げてください』

しゅんとしている私を慰めるように言ってくれた。

『じゃああの、お隣さんということで、あらためて今後ともよろしくお願いします。木崎といいます』

『……真下です。よろしくお願いします』

真下さんが何か言いたげな顔をした気がしたけど、その場はそれでペコリと頭を下げて家に戻った。


それから六時間ほど経って、夜八時。

『え』

そんな声を発して驚きと若干の呆れを含んだ顔で私を見たのは、真下さん。

遭遇した場所が近所のコンビニのお酒売り場だったから。

しかもよりによって、冷蔵庫のドアを開けていつものビールに手をかけているところ。

『昨日の今日で』

何も言い返せずに黙ってしまった私の顔は、きっと恥ずかしさで赤らんでいたはずだ。

『……き、昨日の反省を生かして、しばらくは宅飲みオンリーにしようかと』

私の発言を聞いて、彼は『ブッ』と吹き出した。

『酒を控えようって発想にはならないんですね』

『あはは』と大きく笑われてしまった。

『すみません……』

『いや、別に。失敗しなければいいんじゃないですか』

真下さんは輸入ビールのコーナーから水色のラベルが貼られた瓶を一本取り出すと、レジに向かっていった。

彼もお酒を、しかもビールを飲むんだな、という妙な親近感を覚える。

そして、なんとなく彼はいい人のような気がした。


お隣さんということもあって、それからもコンビニやご近所の散歩中、ゴミ出しなどでよく顔を合わせるようになった。

今までもきっと何度も遭遇していたはずだけど、お互いに気づくようになったというのが正しい。

といっても、そんなときは決まって会釈をして『どうも』『それじゃあ』と挨拶するだけ。

そんな関係に変化があったのは、七月に入った頃だった。

土曜の夜九時、家でぼーっとしていたら、カラカラと、お隣のベランダの窓が開く
音がする。

続けてシュポッという、瓶の栓を開ける音が聞こえてきた。

――ひとりで晩酌のリラックスタイムかもしれないし。

――そもそも友達でもないし。

一瞬迷ったけど、我慢できるはずもなかった。

カラカラと同じ音を鳴らして窓を開ける。そして仕切り板越しに、ひょこっと顔を
出してみる。

『こんばんは』

『……こんばんは』

予想通りビールを飲んでいた彼は、驚いた顔をしていた。

『栓抜きの音が聞こえちゃって。ご一緒させてもらえないかなーって』

ビールの缶を掲げてみせる。

『ほんと好きっすね、酒』

『お酒というか、ビールというか』

『何照れてるんですか、褒めてないですよ』

『えへへ』と笑った私に、鋭いツッコミが入る。

その瞬間に〝この人とはウマが合う〟って気がした。

『いつもベランダで飲むんですか？』

『いや、梅雨も明けて風も気持ちいいから今日はここで飲もうかなって』

確かに顔に当たる夜風が優しくて気持ちいい。

『そっちは？　ベランダでもよく飲むんですか？』

ベランダでも……キレのある的確な嫌み。

『私本当は外で飲む方が好きなんですけど、あれ以来宅飲みばっかりで。でもベランダで飲んだことはないです』

だからなんとなく、今日私がいる時間に真下さんがベランダの窓を開けてくれたのが嬉しい。

『雨ばっかで居酒屋行くのがダルかったとか、そんな理由なんじゃないですか？』

『違います……反省してるんですよ、これでも』

しゅんとして、なぜか笑われる。

『とりあえず乾杯しませんか？　木崎さん』

◇

その日を境に、タイミングと気分が合った日はふたりでベランダ飲みをする関係が続いている。

気づけば〝真下さん〟は〝真下くん〟になっていた。

ふたりで話すのは、初めのうちは自己紹介のようなことが多かった。

私がアパレル系の会社で広報の仕事をしていると教えたら、彼は二十一歳の理系大学の四年生だということを教えてくれた。

理学部で電子システム工学とかいうやつを勉強しているらしいけど、詳しいことは……というか、そのずいぶん手前で私の脳のキャパを超えて理解できなかった。

最近はその日の出来事だとか、ネットやニュースで見た関心ごとなんかを話すことが多い。

仕切り板を隔てて、顔とビールくらいしか見えない関係。

ときどきおつまみの交換なんかもするけど、たいていビール一本で解散だから、ふたりともおつまみなしってパターンがほとんどだ。


「最近の大学生ってSNS何見てるの？」

私は仕事柄、ＳＮＳでのプロモーションなんかにもよく携わっている。

「俺に聞きます？」

「まあ、それもそっか」

「だいたいそういうのって会社がマーケティングでリサーチしてるんじゃないんですか？」

ビールに口をつけながら、あまり興味なさそうに彼が聞く。

「んーまあそうなんだけど、身近な大学生の実態も知ってた方がリアルかなーって。じゃあさ、真下くんの彼女は？」

「彼女も同類なんで、ＳＮＳとか見ないいんじゃないかな」

「ふたりして使えないなー」

私は眉を寄せて呟く。

「失礼だな。これだって身近な大学生の実態ですよ」

彼には同じ大学に彼女がいることも、話す中で自然に知った。

ちなみに私には付き合って二年の、そろそろ結婚も視野に入れているひとつ年上の彼氏がいる。彼の話もときどきする。

私の彼がたまに部屋に泊まりに来るように、彼の部屋にだって彼女が来ている日があるんだろう。

お互いの名前と住所は知っているけど、連絡先は知らない。

毎日のように顔を合わせるけど、タイミングと気分が合わなければベランダで乾杯することもない。

この関係はなんだろう。

お隣さんではあるけど、彼以外の隣人とこんなふうにお酒を酌み交わしたことは人生において一度もない。

友達というにはあまりにも限定的な関係って感じだし。

飲み仲間？　それもなんだかしっくりこない。

なんとも名付けにくい不思議な関係性。

◇

十月。

「すみませんでした」

私は会社の他部署で上司と一緒に頭を下げている。

ＳＮＳに掲載していた靴の価格を、税込で表記すべきところを税抜の価格で記載してしまっていた。

「今後は気をつけてくださいね」

ミスの内容自体は珍しくもない。

幸い印刷物でもなく、メルマガで配信したわけでもなかったから影響も少なく済み、靴のブランドの担当部署への謝罪とＳＮＳ内に謝罪文を掲載するだけで事態はおさまった。

もちろん間違った情報が社外に出てしまった以上、報告書などは書かなければいけないのだけれど。

「影響が小さく済んだならよかったじゃないですか。なんでそんなに落ち込んでるんですか？」

夜七時。ベランダで手ぶらで突っ伏していたら、ビールを持った真下くんに聞かれる。

「それはそうなんだけど、そういう問題じゃないんだよ。すごく初歩的なミスなんだもん」

何度も確認したのに。

複数のブランドのアイテムを、同じ日に数コーディネートずつアップしなくてはいけない案件だった。だけど今までこんなミス、したことがなかったのに。

「はあっ」

思わず大きなため息をついてしまった。

「誰にも怒られなかったの……。それがかえって苦しかった」

どうせなら、誰かに怒って責めてほしかった。

「いい加減にしてくれません？」

「え……」

真下くんが急に苛立った声色になったから、心臓がギクリと音を鳴らす。

「って、木崎さんに最初に会った夜の一言目に言ったなって思って」

すぐにいつも通りの声。

「びっくりした。急に何」

「ほらやっぱり。嫌でしょ、怒られるの」

「え?」

ビールを飲みながら言われた言葉に、私はキョトンとする。

「怒られなかったのは、普段の木崎さんがちゃんと仕事をしてるからだと思いますよ。過去の自分が貯めておいてくれた財産なんだから、受け取ればいいんですよ」

「財産……」

「落ち込むよりも、築いてきたものを大事にしないと簡単になくなりますよ」

迷惑をかけた部署の人に『今後は気をつけてくださいね』と言われたことの重みを感じる。

「真下くんて、本当に二十一歳?」

心が少し軽くなって、思わず笑みがこぼれた。

「……ビール持ってこよっ」

「さすが」

ビールを取りに部屋に戻る背後で、真下くんが苦笑いしているのがわかった。

再びベランダに出ようとした瞬間、ドンッという鈍い音がどこからか聞こえる。

「え? 何?」

「花火ですよ。今日この部屋の反対の方向で季節外れの花火大会」

音を気にしながらベランダに出たら、真下くんが教えてくれた。

「え、何それ。こっち側は音だけってこと？」

彼が頷く。

「普通こういうときって、花火が上がって〝これからも頑張ろう〟って前向きになるやつじゃないの？」

「まあいいじゃないですか。音だけでも」

そう言って、真下くんがビールの瓶をこちら側に差し出して傾ける。

缶ビールをコツンとぶつける。

「……ありがとね」

「俺も木崎さんとのこの時間で救われたことあるんで」

「そうなの？」

予想外のことを言ってくれた仕切り板の向こうの彼は、無言で優しく笑っている。

励ましてくれる相手がいることが嬉しい。

音だけの花火大会に、一緒に乾杯できる相手がいるのが嬉しい。

今日このタイミングで真下くんがいてくれて、ベランダに出てきてくれて嬉しい。

そんなふうに思ってしまっている。

その頃から真下くんは卒業論文の準備期間に入って忙しいらしく、あまり家にいない日が続いた。

正直なところ、ホッとしていた。

気持ちに危険信号が灯っていることくらい、自覚しているから。

〝お隣さん〟が距離を縮めすぎた。それが私たちの関係。

このあたりでもとに戻るべきなんだ。


それでもごくたまに合ってしまうタイミングに、胸を躍らせている自分がいる。

◇

二月の終わり。外はずいぶん春めいてきた。

真下くんは無事卒業が決まって、お祝いの乾杯なんかもした。

四月からは大学と同じ敷地内の大学院に行くらしい。ということは、四月からも彼はお隣さんだ。

嬉しいような、怖いような。

そんな気持ちを抱えながら、いつものコンビニに行く。

「仁がいつも飲んでるのってこれだっけ?」

『仁』という響きにすぐにはピンとこなかった。

「そ。でも箱で買ってあるから今日は買わん」

その声でなぜかギクッとして、ピンときた。

真下くんと、彼の恋人。

「あ、木崎さん」

ふたりが駅の方へ歩いていくのを遠目に見たことはあった。だけど、こうして会うのは初めてだ。

「え？　誰？」

「お隣さん。こんばんは」

「……どうも」

私が言うと、彼女もペコリと頭を下げてにっこり微笑む。

ショートカットで、『彼女も同類なんで』と言った真下くんの言葉がよくわかる、落ち着いた雰囲気の子だ。頭がよさそう、なんて思ってしまった。

「それじゃあ」

私は笑顔を作って早々に退散することにした。

――『仁』

下の名前で呼ばれる真下くん。

――『そ。でも箱で買ってあるから今日は買わん』

敬語じゃない真下くん。

私にだっているのにね。そういう相手。

――『お隣さん』

それ以上でもそれ以下でもない、正しい説明。

ため息をつくようなことじゃないのに。

◇

三月中旬。金曜深夜一時。

――ガチャ、ガチャ。

――ガチャガチャガチャ。

あれ……？

――ガチャ、ガチャ。

――カチャリ。

「何やってんですか」

ドアが向こうから開いて、すっかり見慣れた相手が顔を出す。

「え……？　真下くん？　なんで？」

「こっちは俺の部屋」

数か月ぶりにまたやってしまったらしい。

「あはは……やっちゃった。ごめんね……」

「大丈夫ですか？」

「うん、ひさびさに外で飲んではしゃぎすぎちゃった」

苦笑いでごまかす。

「本当にごめん。おやすみ」

真下くんの言う通りだ。何やってるんだろう、私。

「……木崎さん、手ぶら？」

「え？」

真下くんの指摘で自分の手もとを見る。

「え!?　なんで!?」

「その鍵も、なんか変じゃないですか？」

彼に言われて握りしめていたものをよく見ると、見覚えのない形の鍵にプレートがついている。

足もとは居酒屋のロゴ入りのサンダル。

またしても血の気が引いていく。

こういうときの酔いの醒める速さってなんなんだろう。

さっきまで飲んでいた居酒屋に鞄ごと忘れて、店の靴箱の鍵を握りしめて帰ってきてしまったんだって理解して、一気に絶望的な気持ちになる。

「お店に戻っ――」

「待った待った」

焦ってくるっと向きを変えた私の腕を、真下くんが掴む。

「もう一時ですよ？　店に着いても閉まってるんじゃないですか？」

確かにそうだ。

「とりあえず電話だけして、荷物があるかどうか確認すればいいんじゃないですか？」

冷静な真下くんのアドバイスで、かろうじて持っていたスマホで店に電話をかける。

閉店直前のようだったけどなんとか繋がって、私の鞄と靴があることは確認できた。

今から向かってももう間に合わないから、明日取りに行くことと謝罪の言葉を伝えて電話を切る。

私はホッと胸を撫(な)で下ろした。

「木崎さん、今夜どうするんですか？」

「え……」

「よかったら、俺ん家で飲み直しません？」

スマホはあるんだから、連絡してタクシーででも彼氏の家に行けばいい。

なんなら近くのビジネスホテルに泊まったっていい。


だけど……。

◇

「どうぞ」

初めて真下くんの部屋に足を踏み入れる。

うちと同じドアをくぐれば玄関には男ものの靴が置かれていて、ここが彼の部屋なんだと実感する。

「テキトーに座ってて」

「え……これ、どうしたの」

彼に招かれて上がった部屋で、呆然と立ち尽くす。

そこにあったのは大量の段ボール箱と、生活感の消えかけたがらんとした部屋だった。

「引っ越すんですよ」

「え……？」

「挨拶に行ったのに、最近木崎さんとタイミング合わなくて」

そう言って真下くんが差し出したギフトらしき箱形の何かを無言で受け取る。

「全然ベランダにも出てこないし」

「……忙しくて」

……嘘。

本当は、真下くんと彼女が一緒にいるのを見た日から彼を避けていた。

週末は後ろめたさと不安な気持ちを抱えたまま彼氏の家に泊まりに行っていたし、平日もベランダには出なかった。

そして今日、久しぶりに飲み会に参加したら感情がぐちゃぐちゃになってしまってこの体たらく。

「それ、中身はつまみセットです。木崎さん専用ご挨拶」

真下くんはいつもみたいに笑って言った。

「あれ？　でも、四月からは院生なんでしょ？　引っ越さなくていいんじゃないの？」

「彼女と暮らすことにしたんですよ。向こうが就職して会いにくくなるからって」

「ふーん……そっか」

ごくごく普通の、よくある話。

「いつ？　引っ越し」

「明日」

「え、ずいぶん――」

急なのは私が避けてたからだ。

「だから最後に木崎さんと飲んでおきたいなって思ったんですよ」

最後か。

バカだなぁ……大事な時間がラス1になっちゃった。

「ビール、一種類しかないんですけどいいですか？」

コクリと頷く。

彼がいつも飲んでいる水色のラベルのビール。猫が描いてあるって今日初めて知った。

ふたりで床に座って、積み重なった段ボール箱に寄りかかる。

「そっかぁ。〝お隣なのに真下くん〟じゃなくなっちゃうのか」

「それ、あんまり面白くないです」

彼の言葉にクスッと笑う。

「いつもこのビールだったよね」

真下くんが栓を開けてくれたビールを受け取りながら、いつでも聞けた質問を今日初めてしてみる。

「これベルギービールで結構珍しいのに、なぜかそこのコンビニで売ってるんですよ。だからつい」

「あそこの品揃えってちょっと変わってるからね。葉巻とか売ってるし」

ふたりで瓶をコツンとぶつける。

「苦っ」

予想外の苦味に、思わず小さく舌を出す。

「黒ビールです。苦手でした？」

「苦手っていうか、あんまり飲んだことないかも」

慣れれば好きになれそうな気がする。

「真下くんて、本当に大人びてるよね。考え方も好みも。二十一歳とは思えない」

「もう二十二歳になってますよ」

「そうなの？　誕生日いつ？」

「十一月」

「言ってくれたらよかったのに」

知っていれば『おめでとう』くらいは言えたのに。

「木崎さんは？」

「五月。だから私は二十五歳のままだよ」

こんな話も、今初めてしてる。

「そっか。三つしか違わなかったんですね」

「四つと三つで何か違う？」

「全然違いますよ、同じ大学にいたかもしれないじゃないですか」

彼の言葉に思わず「ふふっ」と笑う。

「その考え方、学生っぽい。社会人になったら変わらないよ、三つも四つも。だいたい留年とか浪人とかあるじゃない」

「急に年上ぶるんですね」

初めて見る真下くんの拗ねた顔が可愛い。

それからここ最近のことなんかを、いつものベランダみたいに話した。

普段通りの会話が最後の夜を実感させて、寂しさで胸が小さく軋む。

「おつまみ、開けちゃおっか。せっかくだし真下くんと食べたい」

さっきもらった包みをベリベリと躊躇なく開けてしまう私。

箱の中には、銀色の文字が光る半透明な袋に入ったナッツやサラミのおつまみが六袋。

「おしゃれー」

彼女と選んだのかな、なんて考えがチラついてしまうけど。

「俺のおすすめは、このキャラメルシナモン風味のくるみ。このビールにめちゃくちゃ合うんですよ」

彼の言葉に渋い顔をしてしまう。

「ごめん、私シナモンだめなの」

私の一言に、真下くんは少しがっかりした表情。

「じゃあこれは俺が食べよ」

嫌いな食べ物どころか、好きな食べ物の話もしたことがなかったかもしれない。

私たちって本当にお互いのことを何も知らなかったんだ、ってまた気づく。

「あ、お詫びに木崎さんの好きそうなもの見せてあげます」

そう言って彼はゴソゴソと段ボール箱を漁り始めた。

もらったものに文句を言った失礼な人間に、お詫びも何もないのに。

真下くんは、地球儀にカクカクと面を作ったような形の多面体の黒いものを取り出した。

「俺が作ったテキトープラネタリウム」

「適当?」

〝?〟の浮かぶ私をよそに、真下くんは部屋の電気を消した。そして手もとでカチッとスイッチの音をさせると、幻想的な星空が室内に浮かび上がった。

「わ、綺麗(きれい)……」

ビールを飲みながら見上げる。

「花火が好きなら、こういうの好きだと思った」

そう。お互いのことをよく知らなくても、なんとなくわかることもある。

「理学部だったっけ? 星にも詳しいの? 星座とか」

「全然。研究分野と関係ないし」

彼は首を横に振る。

「え?」

「言ったじゃん、〝テキトー〟って。この星、全部俺が適当に穴開けたの」

「何それ」

「宇宙の姿なんて本当のことは誰にもわからないし、星だって地球から見なかったらもっと違う形に見えるはずですよ」

真下くんはテキトーな星空を見上げながら笑う。

「星だって星座だって、勝手に名前がつけられて勝手に意味を持たされてさ、そんなものない方がいいことだってあると思う」

「せっかくなのに、ダンボールに映っちゃってもったいないね」

部屋一面に広がるはずの星空が、段ボール箱の壁でカクッと折れるように分断されている。

「もっと早くこの部屋に来てみたかったな……」

来てみたかった。真下くんの暮らしてた部屋。

「…………」

急に黙ったかと思ったら、彼は「はあっ」とため息をついた。

「初めから思ってましたけど、木崎さんてすげー無防備ですよね」

思わず彼の顔を見る。

「あんなふうに酔っ払って、男の部屋のドア開けさせて」

返す言葉もない。

「隣人のよく知らない男に簡単に『よろしく』なんて笑顔で言っちゃうし」

「え……」

でもそれは……。

「こうやって、俺の部屋に簡単に上がっちゃうし、もっと早く来てみたかったとか言うし。だいたい今日だって、またやったし」

手持ち無沙汰なのか、ペリペリと、ビールのラベルを剥がしている。

「俺のあとに、悪い男が引っ越してきたらどうするんですか？」

「それは……」

言葉に詰まった瞬間に、額にペタッとラベルを貼り付けられる。

「え」

「自分の部屋のドアに目印でも貼っといたらいいんじゃないですか？　酒のラベルなら酔っ払った木崎さんでもまっすぐ帰れそうですよね」

「目印って、おでこに貼られたらお札みた――」

粘着力の弱くなったラベルがペラッと剥がれて、その瞬間に――真下くんと目が合う。

「無防備」

酔いのせいか、スローモーションみたいな、一瞬の出来事みたいな不思議な感覚で、彼の唇が私の唇に触れる。

少し離れて、また、目が合う。唇が触れる。

「ん……っ」

キスが、熱を帯びていく。

苦味が、甘くなっていく。

「……っ──」

彼の手が、ブラウスの裾から肌に触れる。

心臓の落ち着かない音が全身に響いてるみたい。

──『そんなものない方がいいことだってある』

真下くんの言葉がよぎった瞬間、この数か月のことが一気に頭の中を駆け巡る。

「ストップ!」

目を瞑(つぶ)って、グイッと彼を押し退ける。

「だめだよ」

「なんで」

「……だって、私たちの関係に……名前がついちゃう」

──〝浮気相手〟って。

流されそうになる脳裏に、自分の恋人の顔が、真下くんの彼女の顔が、浮かんだ。

「真下くんとは、よくない関係に、なりたくない……」

彼は黙ってしまった。

自分だってどこかその気で部屋に上がったくせに勝手な言い分だと思う。

「はあっ」

また大きなため息。

「なんだかんだいっても大人ですね。俺より全然」

「……ごめん」

「止めてくれてよかった」

そう言って、彼は切なげにくしゃっと笑った。

「あの夜の次の日『よろしく』って言ったのは、真下くんだからだよ」

彼の目を見る。

「あの夜、あんなに失礼だったのに『おやすみ』って言ってくれたから。次の日も、笑ってくれたから。絶対いい人だって思ったの」

「何それ。危なっかしいカンだな」

「でも大正解だったでしょ？」

涙が滲んだ目で笑う。そしたら真下くんも笑ってくれた。

「飲も！」

それから、仕切り直しの乾杯をした。

「確かにこのビールにはシナモン合うね」

「キスで味見しないでくださいよ」

それからその夜は、バカみたいに何度も何度も、キスの代わりに瓶を傾け合った。

◇

三月の終わりには、もう次の入居者が真下くんの元家に住み始めていた。

真下くんは〝悪い男が引っ越してきたら〟なんて心配してたけど、次の住人は可愛らしい女の子だった。

お酒の失敗で怖がらせてはいけないと、かえって気をつけている。

「心、ちょっと前から気になってたんだけど、ドアの外の水色のやつ何？」

私の家にやってきた彼氏が不思議そうな顔で尋ねる。

「んー……魔除けのお札？」

彼はますます不思議そうな顔をする。

その顔を見て「好きだよ」って笑ってキスをする。

fin.

青い月だけが、知っていた。

りた。

## ＊＊＊プロローグ

青藍色の朝に溶けるように、涙が溢れる。

早朝五時半。

啜り泣く声を殺し、音を立てずにドアを閉めた。

起きてしまえば、貴方の中の私が他人に戻ってしまうのが怖くて、起こしたくなかったんだ。まだ私の夢を見ていてほしい。

静かな住宅街の中を、ほろほろと涙を流しながら駅までの道を歩く私は、まるで魔法の解けたシンデレラみたいだ。

その時間は確かにあった。

私の手に残る感触も、温度も、貴方の声も。

魔法が解けたはずなのに、ガラスの靴みたいにそのまま私の中に残っている。

振り返ってみても、誰もいない路地にいるのは、泣いているひとりの私だけ。追いかけてくる王子様なんていない。

だって、約束したじゃないか。

この夜は一度きりだって。

君が魔法をかけたこのガラスの靴は、脱いで捨てよう。

貴方の家の玄関に置いていくのは、私の淡い未練だけだ。

忘れられない私だけが覚えていよう。

ポロンと鳴ったスマホを取り出して、【いいねされました】と通知の来ているマッチングアプリをアンインストールする。

——サヨナラ。

見上げた空の青い月が、寂しげに滲んでいた。

＊＊＊出会い

今日も眠れなかった。

灰青色(はいあおいろ)の光が、カーテンの隙間から朝を告げる。

布団を引っ掴み、頭から暗闇に隠れた。

猫みたいに体を丸めて、膝を抱きかかえる。

社会人二年目、後輩もできて忙しさに拍車がかかった。体は疲れているはずなのに、気持ちが許してはくれない。寝ようとすると、言いようのない感情が底から湧き上がってくる。何度も寝返りを打つが振り払えない。仕事まで一時間でも仮眠できたら御の字。

ふわふわとしている頭で感情を押し殺すように、ギュッと瞼(まぶた)を閉じた。


私はたぶん〝寂しがり屋症候群〟だ。

もちろん、そんな病気なんてないし、これは私の性格の問題。

そんな性格に、名前をつければ〝寂しがり屋症候群〟がぴったり。

いつも誰かに甘えていたい。

誰かの存在を感じていたい。

ある種、依存のような。治し方のわからないそんな症状。

友達とチャットをしていても、夜が更ければメッセージに既読はつかなくなる。まだ【既読】の二文字がつくかもしれない……なんて、淡い期待を抱き横たわる私から、冷えたシーツが体温を奪う。

心まで冷え切った瞬間、急に独りを感じると不安が爆発するのだ。

その感覚は、薄暗い山中にポツンと置いてきぼりにされた心境。たまらなく心細い。

怖いと、寂しいと、悲しいが渦を巻いて私を取り込む。

ひとりぼっちの世界に安心が欲しくて、温もりに甘えたくて、誰かの声を聞きたくて。

あぁ、誰かにそばにいてほしい。

そういえば、小さい頃は母によく添い寝をしてもらってたっけ。あの安心感はよく眠れたな。

泣きそうな顔を照らすスマホの微かな光を頼って、まだ起きていそうな友達を探して画面をスクロールするが、私にだって常識はある。こんな夜更けだ。常識はあるけど、内心では我儘(わがまま)に恥ずかしげもなく〝かまってちゃん〟になってしまいたい！　そんな苛立ちも抑えられないのが事実。

それくらい、心がぐちゃぐちゃになりそうな夜が嫌いだ。

我儘になれて、遠慮もしないでいい存在。そんな存在がいれば都合がいい。私が素性を知らない〝他人〟相手なら？　寂しさを埋めてくれるぬいぐるみのようにそばにいてくれて。それなら気を遣わなくていいじゃないか。私にぴったりだ。甘えるだけ甘えて、私がどんな振る舞いをしたって簡単に切れる関係。広大なネットの海から釣り上げてしまえば？　名案だ！

せっかちな私は、そんな安易な考えから、すぐに適当なマッチングアプリに登録をした。


枕元に置いたスマホが振動し、ポロンと通知音が鳴る。布団の中から手を伸ばし、スマホを取ると、ポップアップに【マッチングしました】と表示されていた。

さっき登録したマッチングアプリからの通知だ。

勢いに任せてインストールしたアプリ。都合のいい〝他人〟を求めて登録したものの、やり方がわからずあれこれと検索をかけている途中、ある魅力的なハッシュタグを見つけた。

【#ソフレ募集】

思わずにやけてしまった。求めていたのはこれだ！

ソフレはいわゆる、〝添い寝フレンド〟というやつだ。

ただ同じ布団で眠るだけ。それ以上はしない。なんて私にぴったりなんだろうと、そのハッシュタグをつけた人を片っ端からいいねしていった。

夜も深い時間に登録したから、寝ている人も多いだろうなと期待はしていなかったが、どうやら初めてマッチングしたようだ。

友達が『マッチングアプリで恋人ができたの！』と自慢していた理由がよくわかった。

簡単なもんだ。今の時代、アプリひとつで誰かと繋がれる事実と、この便利さに感嘆の息を漏らした。


【はじめまして】

私は、それだけ送ってスマホを置くとまた目を閉じる。

出社の時間は待ってはくれない。だけどしばらくして、ポロンとまた通知が来たから、私はもう眠るのを諦めて布団からモゾモゾと起き上がった。

【はじめまして。えっと、僕は沖島誠二（おきしませいじ）。二十六歳】

【私は茂木陽依（もぎひより）。二十三歳です】

誠二と名乗る彼はシステムエンジニアをしているらしい。

プロフィール写真の印象は好青年というフレーズがぴったり。黒髪の爽やかな短髪で、優しそうな顔をしている。

【あの……貴女のプロフィールの#ソフレ募集ってなんですか？　すみません、この手のアプリに不慣れなもので】

あれ?と不思議に思った。確かソフレのハッシュタグをつけた人を選んで、いいねを押したはずだけど……。

誠二のプロフィールを確認してみると、そのタグはやっぱりついている。まぁいいかと私は気にせず返信を続けた。

【あぁ、ソフレですか? 添い寝フレンドの略。一緒に寝てくれる人を探してるんです。私、夜ひとりで寝れなくて。って誠二さんのプロフィールにもハッシュタグついてましたけど?】

【なるほど……添い寝ですか! よくわからないまま登録をしてしまって……間違えて押したのかな】

(……入力中)

彼が何かを入力している時間が焦れったくて、私は高速でフリック入力を続ける。

【添い寝フレンドのルールは簡単です。寂しい夜に一緒に寝るだけ。その先はもちろん禁止。お互いに必要なときに連絡する。ね? 簡単でしょ? 私はそれを望んでいます】

【そうですね。実は、僕も寝られないので助かります。でも、一度会えませんか? 不躾ではありますが、ひとつ僕もお願いしたいことがあるんです】

【お願いって?】

なんだろう?

また(……入力中)が続く。待つ時間がもどかしい。

寝不足だからか、『システムエンジニアをしてるんなら、入力のスピードは速いはずでしょ? 早く返事してよ!』なんて悪態をついてしまいそうになる。

誠二は、丁寧に言葉を選んでいるのか返事に時間をかける。この生真面目な文章からもプロフィール写真通りの人柄が伝わってくる。仕方ないか……と諦めて彼の返事を待った。

【僕は趣味で小説を書いています。お恥ずかしい話ですが、アイデアが煮詰まってて。なので僕と出かけてくれませんか? 形だけのデート……それで構いません。恋人を演じてほしいのです。もちろんお礼はします。その、ソフレというの……僕でよければ】

変わった人だな?と一瞬思ったが、私の頭をよぎった下心を感じるお願いじゃなかったことと、丁寧な文章がよかったのかもしれない。

それに、不思議とこのやりとりに安心を感じている。

この人なら一緒に寝ても問題なさそうだ。

私は【いいですよ。明後日の土曜日はどうですか?】と、すぐに返事を送っていた。

＊＊＊遭逢

東京、青山。

表参道の駅を出て、変わらない景色をぐるりと見渡す。

大学時代に何度も通った場所。

「久しぶりに来たなー……」

メッセージのやりとりの中で、待ち合わせ場所はどうしようか？と聞かれ、つい慣れた場所を提案した。表参道ならデートの場所としても申し分ないだろうし。

今日は彼の恋人を演じる日。とはいえ、私もデートなんていつぶりだろう？　久しぶりにちゃんとメイクを施した。服もそれっぽく着飾り、髪も巻いた。だから今、少しだけ浮かれている。

誠二のプロフィール写真を見返して、似ている人はいないかとキョロキョロと辺りを見渡してみる。顔立ちは整っているから、目立つはずなのに。時間を過ぎてもそれらしい男性は見当たらない。

ポロンと通知音が鳴り、誠二から【着きました……出口に迷ってしまい、どこでしょう?】とメッセージが届いた。

【私はB4の出口を出たところにいます。どちらにいますか? 迎えに行きますので】

【助かります。僕はA3出口を出ました】

「反対側に出ちゃったか……」

交差点の向こう側の出口を見ると、挙動不審に辺りを見渡す背の高い男を発見した。白いシャツに大きなリュックを背負った、絵に描いたような好青年。それが誠二だとすぐにわかった。

【たぶん、見つけました。そこにいてください】

メッセージを送ると、すぐに信号が青に変わり、私は横断歩道に駆け出した。

「あの……沖島さん? ですか?」

誠二はスマホを確認しながら「はい! えっと……貴女は、茂木さん?ですか」と困り顔で私に尋ねた。

「はい、茂木です。茂木陽依です」

「よかったー。すみません。今日は僕の変なお願いを聞いてもらって。ありがとう」

誠二は緊張していた顔を緩めた。

「いえ、こちらこそ。お互いさまです」

「えっと、じゃあ……少し歩きましょうか」

さりげなく車道側を歩いてくれる誠二はやっぱり優しく好青年。

今夜の相手がこの人でよかったと、私は胸を撫で下ろす。

「茂木さんは、普段は何をしてるんですか？」

「仕事ですか？　私は人材系の営業職を……」

誠二は気まずそうに頬をかいた。

「えっと、すみません。休みの日は何を……？　趣味とか」

「あっ。そっちか……カフェを巡ったり映画を観たりですかね。沖島さんは？」

「僕もカフェで本を読んだり、執筆をしたりしてます」

誠二の言葉で私は肝心なことを思い出した。

「そうでした！　小説を書いてるんですもんね。今日、私は何をしたらいいんでしょう？　恋人を演じてほしいって言ってたけど……」

「実は、ヒロインとの描写が浮かばなくて。僕が疑似体験をすればイメージも湧くかなと思ってお願いをしました。小説は経験と体験の産物だと思っているので」

それなら普通にデートをしてたらいいのかな？

私は理解したと頷いて合図を送った。

「そのヒロインってどんな女の子なんですか？」

「なんか、僕の好きな女性のタイプを聞かれているようで恥ずかしいですね」と誠二は少し照れながら、教えてくれた。

「純新無垢で、太陽みたいな人。その優しい光で、暗い気持ちの僕を照らしてくれる。大丈夫だよ、って安心をくれる人ですね」

「絵に描いたようなヒロインですね。それ、私に務まるかな……？」

その純新無垢というワードに少しプレッシャーを感じた。

少なくとも、純新無垢な女の子はマッチングアプリなんてやってないだろうし。

「気負わないでください、あくまでイメージですから。それに茂木さんは素敵な人です。僕の隣にいるのがもったいないくらいの。写真よりも、ずっと綺麗です」

誠二は慌てて私を肯定してくれた。

「お世辞が上手いなぁ。じゃあ、呼び方を決めませんか？　お互いに苗字で呼び合うのも恋人を演じるにしては変じゃないですか？」

「それもそうですね、えっと、じゃあ……陽依ちゃん？」

誠二は顔を赤くしながら、私を陽依ちゃんと呼んだ。それが面白くて私はフフッと笑ってしまう。

「すみません、本当に慣れてなくて……」

「ごめんなさい。久しぶりに呼ばれたなぁって。幼稚園以来かも？　陽依ちゃんでいいですよ！　私は誠二くんて呼びますから！　いいかな？　誠二くん」

「はい！　それでお願いします」

それから、初めて表参道に来たという誠二に、私はいろいろと案内をした。犬のように私についてくる誠二が可愛くて、私の心も弾んでいる。

お店を覗いたり、服を買いたいという誠二の服を選んだりした。私もすっかり、恋人を演じていることを忘れて楽しんでいる。

「陽依ちゃん、少しカフェで休んでいかない？」

「うん！　疲れちゃった？」

「ちょっと、小説のアイデアが浮かんだので、忘れないように書き留めておきたいんだ」

「いいよ！　じゃあおすすめのカフェに案内するよ」

路地を入ったところにあるおしゃれなカフェ。前々から気になっていたお店で、席もちょうど空いていた。

オープンテラスの席に案内され、向かい合って座ると、さっそく誠二はリュックから筆箱と手帳を取り出した。

「僕はアイスコーヒーを。陽依ちゃんは？　好きなもの選んでね」

「私は、カフェラテがいいな」

すみませんと店員を呼び、注文を済ますと、誠二はすぐ手帳に何かを書き始めた。

ちらっと見えた手帳のページには、びっちりと文字が書かれている。

私は疑問に思った。システムエンジニアなら必ずパソコンを持っているはずだ。小説なんてパソコンで書いた方が効率がいいのでは？

「誠二くん、パソコンで書かないんだね。ほら、システムエンジニアのお仕事ってプロフィールに書いてあったし。パソコンの方が早いんじゃない？」

「あぁ、そうだね。今、実は休職中なんだ。それに僕は忘れっぽいので……」と誠二は寂しく笑った。

無心に文字を書き続ける誠二を、そっと見守る。

真剣な眼差しに、この人は本当に小説が好きなんだなと感心した。

私がカフェラテを飲み終わる頃、誠二はパタンと手帳を閉じた。

太陽が、空をオレンジ色に染め上げていく。

誠二は空を見上げ、「夕日が綺麗だね。空が忘草色をしてる」なんてことをポツリと呟いた。

「ワスレグサ？　勿忘草じゃなくて？」

「忘草もあるんだ。藪萱草っていうオレンジ色の花。万葉集にも何作か詠まれた歌があるんだよ。僕の好きな花です」

「へー、調べてみようかな……」

スマホを取り出す私を「それは、明日。僕がいないときに！」と誠二は慌てて止めた。

理由はわからなかったが、何か恥ずかしい理由でもあるのか？と思い、スマホをしまう。

それから私も空を見上げた。

「でも、いい色ですね。忘草色」

「優しい色ですよね。あっ、もういい時間です。陽依ちゃん！　そろそろ、行きましょうか」

忘草色の夕日を浴びながら、誠二は「手を握って歩きませんか？」そう言って、手のひらを上に向けて差し出してきた。

「うん、いいよ」

私は左手をそっと重ねる。

優しい温度が、私の温度と混ざり合う。

誠二は大きな手で優しく握り返してくれた。

今日、私はこの人の隣で眠る。

――あぁ……なんて安心するんだろう。

君は、どんな顔をしてるんだろう？

私より背の高い誠二の横顔を見上げると、その視線に気がついた誠二は優しく微笑む。

「陽依ちゃん、どうしたの？」

その優しい声に、ドキドキとしてしまう。

「なんでもない、です」

「変なの……こっち見てたじゃん」

「なんでもないってば！」

これは疑似恋愛で、恋人を演じていただけのはずなのに。

なんで、心がずっと騒がしいんだろう。

＊＊＊千夜一夜

「どうぞ、上がって」

「おじゃまします」

物が少なく、小綺麗に整頓された部屋。

几帳面な彼の性格がうかがえる。置いてあるインテリアのセンスも私好みで居心地がいい。

誠二は添い寝の場所に、『ホテルとかだと、僕が落ち着かないから』と言って、自分の部屋を提供してくれたのだ。

「ソファーに座ってて」と言われて、私はひとり腰を下ろす。

目の前のローテーブルの上に、クリップで留められた原稿用紙の束を見つけた。これが例の小説か。部屋に入ってきた誠二に「これが、書いてる小説？」と尋ねた。

「あ！　ごめん出しっぱなしだったね！　邪魔ならどけてもいいから」

「ううん、ねぇ読んでもいい？」

「ごめん。まだ未完成だから……」

私は伸ばしかけた手を引っ込める。

「えー。じゃあ、完成したら読ませてね！　私だって協力した作品なんだから！　いいでしょ？」

誠二は少し考えて、遠くを見るような目で苦く笑った。

「……そうだね。僕はシャワーを浴びてくるよ。陽依ちゃんはゆっくりしてて。喉渇いたら冷蔵庫の適当に」

「うん、わかった。……ありがとう」

誠二がシャワーを浴びている間、いけないと思いつつも机に残された小説をパラパラと読んだ。

見るなと言われると、余計に見たくなる。

それに今は、誠二のことをよく知りたいという好奇心の方が、罪悪感より勝っている。

その小説は、余命宣告を受けた男の切ない恋の話だった。

最後のページに書かれた主人公の台詞(せりふ)。

【君を忘れるのが、怖いんだ】

『それに僕は忘れっぽいので……』

誠二もそう言っていた。

理由はわからない。だけど、なぜか胸騒ぎがした。さっきの表情も気にかかる。

見てはいけないものを見てしまったかも、と今度は罪悪感が私を支配する。

きちんと原稿の束をもとに戻し、私は平然を装った。

「陽依ちゃんも、シャワーよかったら。簡単に掃除はしたけど……」

新しいバスタオルを持って、誠二が戻ってくる。

濡れた髪をわしゃわしゃと拭くその姿に、つい見惚れた。

「陽依ちゃん？」

「へっ!? あ、シャワー、お借りします」

これ以上見てはいけないと、慌ててバスルームに逃げ込んだ。

正直、誠二は私の好みの男性だ。年上で優しいし。

もし、本当に彼女になれたら、誠二が隣にいてくれたら、眠れない夜とも卒業できるだろうな。

たぶん、私はそれくらい彼に惹かれ始めている。

持参したパジャマに着替えて部屋に戻ると、ドリップされたコーヒーの香りが部屋に満ちていた。

「いい香り……」

「コーヒーは趣味で。毎日の楽しみなんです」

コーヒーミルで豆を挽く誠二の前には、本格的な道具がずらりと並んでいる。小説といい、好きなものにはのめり込むタイプらしい。

「座って待ってて」と言われ、先にソファーに座っていると、誠二はコーヒーをマグカップに注ぎ、私の隣に座った。

「陽依ちゃん、甘いのがよければ使って！　ハチミツが意外と合うんだよ。入れようか？」

「じゃあ、多めに！」

誠二はハチミツを三周ほどかけると、スプーンでくるくると混ぜる。甘い香りが、ふわりとふたりを包んだ。

「今日はありがとう。おかげでイメージが湧きました」

誠二は、小さく丁寧に頭を下げる。

「私も楽しかったです。誠二くんでよかった。実はマッチングアプリなんて初めて使ったんです」

「本当に？　僕もです！」

私は、少し上目遣いで誠二を見つめてみた。

「もうやめてもいいかなって思ってるけど」

「え？　どうして？」

「それはね……」

――だって、誠二くんに出会えたから。

私の気持ちが悟られてしまったのか、誠二は私の言葉を遮るように、意外な一言を口にした。優しく、丁寧に。

「この夜は一度だけにしませんか？」

「えっ？　どうして……？」

瞬間的に『寂しいよ！』と口に出そうになった。

寂しがり屋症候群の私の言葉じゃなく、本心の言葉だ。

好きだから寂しい。

もう、会えなくなるのは寂しい。

「僕は、今日だけと決めていたので。すみません」

誠二は一点をじっと見つめ、重たい声でそう言った。

それ以上の理由は言わなかった。

固まってしまった私に、あの優しい笑顔で「でも、今日は陽依ちゃんのそばにいますから。安心して眠ってください」と言う。

——そうだ。私たちはお互いの寂しさを埋めるためだけの存在。お互いの利害が一致しただけで今日ここにいる。

浮かれてたのは私だけだったのかな。

私の手の中で、コーヒーのマグカップがゆっくりと冷めていた。

セミダブルベッドの端と端で、仰向けで横になる。

間にぽっかりと空いた空間が、いやに虚しい。

見慣れない天井をぼーっと見つめ、会話をすることもなく少しの時間が過ぎた頃、私はこのモヤモヤとする寂しさを振り払いたくて、またあの安心感を求めた。

「ねぇ、誠二くん、手、繋いでもいい？」

「うん。いいですよ」

理解しようと思っても、難しい。

だってこの手の温度は私に安心をくれるんだ。

離したくない。

「誰かがそばにいてくれるって、安心するんだね」

誠二は優しくそう言った。

その台詞を誠二くんが言うのはズルいな。

「……うん。そうだね」

――やっぱり後悔したくない。君のそばに私がいたいんだ。

私は手を繋いだまま、体を横に向けて誠二を見つめた。

誠二は顔だけこっちに向けて、驚いたような表情で私を見つめる。

「陽依ちゃん？」

「私、明日も明後日も、誠二くんに会いたいよ！　ごめん。今夜だけなんて無理だ」

「……ごめん」

「私、本当に彼女になったら迷惑ですか？」

誠二は少し考えたあとに、寂しそうな笑顔を作った。

「理由をちゃんと言わないのは失礼だよね。本当は言いたくなかったんだ。今日が楽しかったから。——僕は休職中だって言ったのを覚えてる？」

「……うん。覚えてるよ」

「僕は脳に腫瘍があって。先が長くないかもしれない。手術が難しい場所で、記憶がね……寝て目が覚めると断片的に消えてることが多くて。だから、小説もパソコンじゃなくて手帳に。パスワードを忘れたら、使えないだろ？　手帳なら何度も見返せる」

「嘘……それって」

瞬間的に、さっきの小説を思い出した。

あれは誠二が主人公の小説だったんだと理解した。

驚きのあまり、返事ができない私に誠二はそのまま話を続ける。

「手術も難しいって諦めてた。だけど、最近言われたんだ。新しい治療法なら、手術が可能かもしれないって。希望が見えた。まだ生きられるかもって。でもさ、同時に怖いんだ。術後にこれまでの記憶がすべて消えてしまう可能性もあるって聞いたから。起きて全部忘れてたら……そう思うと、最近は寝るのも怖くなって。明日、僕は陽依ちゃんのことを忘れてるかもしれない。だから今夜だけ。そうしたいんだ」

「そんな……」

それ以上の言葉が見つからなかった。

衝撃的な事実に、私は頭が真っ白になったのだ。

そして、思い出す。誠二が何を求めていたのか。

――純新無垢で、太陽みたいな人。その優しい光で、暗い気持ちの僕を照らしてくれる。大丈夫だよ、って安心をくれる人。

今夜。私はまだ、君のヒロインだ。

私は覚悟を決めた。今夜だけ。今夜だけだ。

君のための彼女でいてあげよう。

「大丈夫だよ。私が忘れない。誠二くんがいたこと。それに素敵な人だってことも。私が忘れないから。だから安心して。私は生きててほしいよ。誠二くんには、生きてほしい。手術も、きっと上手くいく」

「ありがとう、陽依ちゃん」

「誠二くんが眠れるまで。私はそばにいるから。今日だけ。ちゃんとそばにいるから。だから安心して眠ってね」

「うん。ありがとう」

誠二は静かに眠ってしまった。

私はそっと誠二の髪を撫でる。

愛おしくて、愛おしくて、何度も撫でた。

寂しい。

だけど、この寂しさは違う。

寂しがり屋症候群の正体は、恋をしたい自分だった。

誰かを愛したい自分だったのかもしれない。

今日、私は恋をした。

ジェットコースターみたいな恋だった。

猛スピードで、一瞬で、あと少しで終わってしまう。

それが寂しいのだ。

もしも忘れられてしまうなら、明日、彼に『君は誰？』と言われてしまうなら、彼が目覚める前にサヨナラをしよう。

〝私がいた〟と君の記憶に印をつけて。

私は寝ている彼の唇に、そっと自分のそれを重ねた。

「さよなら、誠二くん。会えてよかったよ」

青藍色に染まる部屋の中を、静かに出ていく。

もう、二度と来ることはないだろう。

＊＊＊エピローグ

あの一夜から、しばらく。

平然と普通の日常が戻ってきて、忙しない日が続いている。私は相変わらずだ。

そしてあの夜の気持ちは、心の隅に思い出として小さく私に残った。波に漂うかのように、ゆっくりと遠く遠くに、恋心は落ち着いていった。

ひとつ変わったのは、彼の影響か本を読むようになったこと。寝られない夜は本を読んで過ごす。

不思議と気持ちが落ち着いて、前よりは寝られるようになった。

悲しい別れにはなってしまったけど、私はちゃんと覚えている。貴方がいた日を。


半年ほど経ったある日。

書店で本を選んでいると、懐かしい名前が目に留まった。新刊のコーナーの隅に、
その本はあった。

【ワスレグサ。沖島誠二】

まずは、誠二が生きているとわかったこと。そして小説を出版できたことが嬉しかった。

おもむろに本を手に取り、パラパラとめくる。

【君を忘れるのが、怖いんだ】

あの台詞だ。


物語には続きがある。

ゆっくりと、その先のページをめくる。

【セミダブルベッドの上で、僕は彼女に別れを告げた。

彼女の手の温もりの安心に甘えて、自分勝手に我儘になることはできなかった。君を忘れてしまったら、僕が耐えられないからだ。それに、君に悲しい思いはしてほしくない。

彼女は優しく僕にこう言った。

僕は目を閉じた。

「今日だけ。ちゃんと私はそばにいるから。だから安心して眠ってね」

彼女は優しく僕の髪を撫でる。何度も、何度も。

僕は寝たふりを続けた。

寝てしまえば、忘れてしまうかもしれない。

嫌だ。

この夜を、忘れないように。

君を、忘れないように。

僕は必死に意識を繋ぎとめる。

ふわり、と。

僕の唇に柔らかな君がそっと触れた。

「……さようなら」

バタンと閉まるドアの音を聞いて、僕は目を開けた。

追いかけようとベッドから飛び起きたが、勇気がなかった。自分が言ったんだ。

「今夜だけ」と。

僕は、僕は意気地のない男だ。

しんと静まりかえる部屋の寂しさから逃げるように、窓を開けて、僕は青藍色の空を見上げた。

僕の啜り泣く声だけが部屋に響いている。

空の色に染まる青い月だけが、僕の気持ちを知っていた】

あとがきにこう書かれている。


【ワスレグサ。

藪萱草の花言葉は〝一夜の恋〟

あの日、恋をした貴女へ。

僕のいちばん好きな花を贈ります】

# 初恋の終着点

小原　燈

「琴音?」

ずっと聞きたいと思っていた声。

そして、二度と耳にすることはないと思っていた声でもある。

「……優斗」

独身最後のひとり旅の終着点は、初恋の人との再会だった。

◇

ひとりの時間が好きだ。

自分の好みとセンスだけで作り上げた部屋の中、お気に入りの音楽を聴きながら好きな動画を見る。

だらだらと惰眠を貪ってもいいし、ベッドからほとんど動かず漫画を読み耽ってもいい。

それでご飯を食べ損ねようと、お菓子の食べすぎで翌日にニキビができて後悔しようと、咎める人は誰もいない。

そんな自由な時間を過ごせるのは、ひとりのときだけだ。

ひとり旅が好きだ。

行き先やホテル、交通手段はすべて自分で選べばいい。

節約したければ夜行バスに乗って格安宿に泊まる。

少し贅沢をしたいときは、新幹線のグリーン車に乗って一泊数万円のホテルに泊まる。

ひとりなら行きたい観光地も食べたいものも自分のことだけを考えればいいのだから、こんなに楽なことはない。

こう話すと、返ってくる言葉はだいたい決まっている。


『一生結婚できなそう』

『独身主義なんだ』

『恋愛に興味がないの?』


どうして〝ひとりの時間が好き〟イコール〝結婚願望がない〟になるのだろう。

むしろ恋人がいるからこそ、たまのひとり時間が楽しくて仕方ないのに。

少なくとも琴音にとってはそうだった。

どんなに好きでも、恋人と自分は異なる人間。

百パーセント理解し合うなんて不可能だ。

だからこそ、お互いを大切にするためにも適切な距離感が必要なのだと思う。

この考えに同意してくれる人もいれば、そうでない人もいた。

過去にはこの恋愛観が原因で振られてしまったこともある。

それでも琴音にとって〝ひとりの時間〟は絶対に必要なものだった。


『……琴音と話していると疲れる』

『いい加減にしてくれ。俺にも俺の都合がある。琴音にばかり合わせてなんていられない』

『別れよう』


もう二度と、同じ過ちを繰り返さないために。

◇

朝倉(あさくら)琴音が今回、ひとり旅の行き先に選んだのは、大学時代を過ごした思い出の街だった。

数年ぶりに訪れたその地は、記憶の中とほとんど変わらず琴音を出迎えてくれた。

昼前に到着した琴音は、昔の思い出をたどるように街を巡った。

大学の近くにある定食屋、学生御用達の専門書が豊富な本屋、友人とよく買い物に行った駅ビル。

そして、四年間アルバイトをしていたチェーンの居酒屋。

大学時代を振り返ったとき、真っ先に思い出すのは授業でもサークルでもない。このアルバイト先だ。

ここは、初めての恋人と出会った場所だから。


宮澤（みやざわ）優斗。


大学三年生の秋から社会人一年目の冬まで約二年間付き合った、一歳年下の元彼。

琴音の大学生活を語る上で、優斗の存在は切っても切り離せない。

手を繋ぐのも、キスも、セックスも。初めての相手はすべて優斗だった。

そんな彼と連絡を取ったのは、別れ話をしたときが最後だ。

今の彼がどこに住んでいて、なんの仕事をしているかも琴音は知らない。

それなのに、昔を懐かしんでふらりと入った居酒屋にいたのが優斗なんて、さすがにできすぎだと思う。

そう思ったのは優斗も同じだったようで、彼は琴音を見るなり絶句し、手に持っていたお猪口を落とした。

おかげで再会の言葉を交わす間もなく互いに慌てふためいたものだから、気まずさを感じる暇もなかった。

それがよかったのかは定かではないが、片付けを終えたあとは自然な流れでカウンターに隣り合って座っている。

「まさかこんなところで琴音と会うなんて、人生何があるかわからないな」

しみじみと呟き、日本酒の注がれたお猪口をあおる様子は、記憶の中の彼とは一致しない。

琴音の中の優斗は、彼が大学四年生のときの姿で止まっている。

当時の優斗もすでに飲酒できる年齢だったものの、あの頃の彼は酒の味より飲み会の雰囲気に酔っているような、青臭い男子大学生だった。

しかし今、琴音の隣にいる彼は違う。

あれから何年も経った今の彼は、まぎれもない大人の男だ。

「……私だって驚いたわ。優斗はどうしてここにいるの？」

昔との違いにざわめく気持ちに気づかれないよう、あえて淡々と問う。すると、優斗は笑顔で答えた。

「昼間、サークルのOB会があったんだよ」

「サークルって……自転車競技部？」

「そう。昼間はサークルの連中とひとっ走りして、夜はみんなで飲む予定だったんだけど、ひとりでゆっくりしたくて俺だけここに来た」

優斗が四年間所属していたサークル。その集まりには琴音も付き合っているときに何度か参加したことがあるが、とにかく飲み会が多かった印象が強い。

「一緒に行かなくてよかったの？」

「別にいいんじゃね？　会おうと思えばいつでも会えるし。そもそも日中ずっと一緒にいたからな」

さらりと答える様子につい苦笑してしまう。

「相変わらずマイペースね」

「そうかな？」

「……そうよ」

答えると、一瞬の間が生まれる。

数秒にも満たないその間が自分でも不思議なくらい落ち着かなくて、琴音は話題を変えた。

「優斗は今どんな仕事をしてるの？」

「都内のシステム開発会社で働いてる」

「え……？」

都内？

「今、東京にいるの？」

「そうだよ。あれ、知らなかった？」

「知らないわよ。だって、別れてから一度も連絡を取ってなかったし」

呆気に取られながらも答えると、優斗は「それもそうか」と小さく笑う。

でも、琴音は笑えなかった。

別れてから早数年。共に都内で働いていたのにふたりが顔を合わせることは一度もなかった。それが旅先で再会するなんて、なんの因果だろう。

「そういう琴音は昔と同じ会社で働いてるの？」

「新卒で入社した会社なら辞めたわ」

琴音の前の職場は国内でも有数の食品メーカーで、例年就職人気企業ランキングにランクインするほどの大手だった。

新入社員の多くを都内の有名私立大学出身者が占める中、地方の国立大学出身の琴音はかなり珍しかった。

とはいえ、最終的にはあまりの激務ぶりに体調を崩して退社することになったのだけれど。

「今は同じ業種の違う会社で働いてるの」

隠すことでもないので素直に答えると、なぜか優斗はふわりと顔を綻ばせる。

「……そっか、あの会社は辞めたのか」

「もったいないことをしたと思う？」

「いや。むしろホッとしてる」

「……どうして？」

「あのときの琴音は、正直見ていられないほど疲れてたから」

優斗はすっと目を細める。

「別れてからも、いつかそのうち体を壊すんじゃないかって心配してたんだ。だから今、転職したって聞いて少し安心した」

さらりと告げられた言葉に咄嗟に反応できなかった。

（どうして……）

なぜ、今になってそんなことを言うのだろう。

かつての恋人が不意に見せた優しさに一瞬、気持ちが揺れる。

心の奥底に閉じ込めていた、甘くて青い感情が顔を覗かせそうになって、たまらず琴音はグラスに残っていたビールをぐいっと飲み干した。

「うわっ！　一気とかやめろって。悪酔いするぞ」

隣からは呆れる声が聞こえてきたけれど放っておいてほしい。

（こんな状況、飲まないと無理よ）

今の琴音は表向きは平静を装いつつも、本当は自分でもどうしたらいいのかわからないほど緊張している。

心臓がドクドクと激しく波打っているのは、ビールのせいではない。

間違いなく、優斗が原因だ。

「おまえ、あんまり酒が強いわけじゃないんだからほどほどにな」

――また、だ。

もう恋人でもなんでもないのに、優斗は当たり前のように琴音を気遣う。

優斗は知らないだろう。

琴音の視線が、さりげなくまくった袖口から覗く太い手首に吸い寄せられていることも、酒を嚥下する喉を意識していることも。

すぐ隣に優斗がいる。

自分に向かって笑いかけている。

たったそれだけのことに、どうしようもなく胸が疼く。

でも、それを優斗に気づかれることだけは絶対に避けたかった。

だって、悔しいじゃないか。

優斗が驚いたのは最初だけで今は平然としているのに、琴音だけが意識をしているなんて。

だから琴音は酒に逃げることで動揺を押し隠した。

「琴音はどうしてまたここに？　大学時代の友達に会いに来たとか？」

もしもここで『そうよ』と頷けばこの会話は何事もなく終わり、次の話題に移る。

しかし、琴音はそうはしなかった。

たぶん、自分の隣で飄々（ひょうひょう）と酒を楽しむかつての恋人が少しでも驚く顔が見たかったのだと思う。

「旅行中なの。結婚前にもう一度ここに来たいなと思って」

目論見は当たった。

「結婚？」

優斗は目を丸くし、ぽかんとする。

「琴音、結婚するのか？」

来月入籍予定だと答えると、優斗の顔から笑顔が消え、瞳が揺れた。

「……おめでとう」

かつての恋人に結婚を祝福される。

付き合っているときは、こんな日が来るなんて考えたこともなかった。

ただ漠然と、これから先もずっと優斗と一緒にいるのだと思っていた。

「ありがとう」

なんでもないように笑顔を向ける。どうか声が震えていないようにと、願いながら。

「相手はどんな人？　年は？」

「同じ会社の先輩で、四歳年上よ」

問われるままに質問に答える。

すると優斗は「そっかあ」としみじみと呟き、お猪口を傾けた。しかし中身は空だったようで、微かに震える彼の指先から琴音は優斗の動揺を感じ取る。

どうやら少しは驚いてくれたようだ。

優斗の反応に、琴音のちっぽけな自尊心が満たされる。

「でも、旅行中ってことは彼氏と一緒なんだろ？　ひとりで居酒屋なんかにいていいのか？　しかも偶然とはいえ、元彼と一緒なんて」

俺、訴えられたりしない？

続くその言葉がどことなくわざとらしい。

本音を隠したいときこそふざけたり、おどける癖があるのは今も変わらないようだ。

そんな些細なことに気づく自分に内心苦笑しつつも、琴音は「大丈夫よ」と肩をすくめた。

「彼氏は来てないわ」

「……なんで？」

「趣味なの、ひとり旅」

「は……？」

優斗はぽかんと口を開ける。

「驚いた？」

わざとからかうように問うと、優斗は小さく頷く。

「それは……そうだろ。ひとり旅なんて、琴音がいちばん苦手なことじゃないの？」

「昔は、そうだったわね」

答えながらも、琴音は優斗の反応を当たり前に受け入れていた。

優斗が驚くのも無理はない。彼と付き合っていた頃の自分は、どうしようもなくひとりになることを――優斗と離れることを恐れていたのだから。

「……変わったな、琴音」

しみじみと言われた言葉に琴音はクスッと笑う。

「それはそうよ。もう私は大学生でも、社会人一年目でもないもの」

「そういうことじゃなくて……なんていうのかな。今の琴音、すごく綺麗だなと思った。自立した大人の女って感じ」

感心した様子からは、本気でそう思っているのが伝わってくる。

「ありがとう。今の私にとってそれは最高の褒め言葉よ」

自立。大人。

付き合っていた頃なら絶対に言われなかっただろう、その言葉。

「ちなみに俺はどう？　変わった？」

「うーん……あまり変わらないかな」

答えると、優斗は肩を落とす。

「ごめん、冗談。かっこよくなったよ。でも、優しいところはやっぱり変わらないわ」

お世辞抜きにはっきりとそう告げると、優斗は一瞬驚いたように目を見開き、なぜか苦笑する。

「『優しい』なあ。嬉しいけど、男は優しいだけじゃだめみたいよ」

ため息混じりに発せられた言葉に琴音が首を傾げると、優斗は「実は」と切り出した。

「……俺、先月離婚したんだ」

離婚？　優斗が？

「理由は『優しすぎて物足りないから』。俺が相手だと刺激が足りないとかで、不倫された」

突然の告白に唖然として、返す言葉が見つからない。

「この際だからぶっちゃけるけど、今日ひとりで飲んでたのはサークルの連中にいろいろ詮索されるのが面倒だったから。昼間もあれこれ聞かれたのに、この上夜まで俺の離婚を酒の肴にされたらたまらないと思った。……でも、結果的には琴音に会えたからよかったのかもな」

ずっと話したかったのだろうか。

驚きで黙り込む琴音を前に、優斗は堰を切ったように語り始める。

「同じ会社の後輩なんだけど、入籍して一年で不倫されて離婚した。しかも相手は俺の直属の先輩。正直言ってかなりの地獄。毎日会社に行くのが嫌でたまらない」

「……転職とかは？」

「俺が、って意味なら絶対しない。今の仕事自体は気に入ってるしな。俺が不倫したなら辞めるべきだけど、不貞を犯したのは俺じゃないし。まあ、この先他にやりたいことが見つかるまでは図太く居座るつもり」

優斗ははっきりとした口調で言い切った。

同じ職場に別れた妻と不倫相手がいるなんて、考えただけでもぞっとする。

それにもかかわらず『辞めない』と言い切る姿は力強くて、そんなところにも別れてから今日までの歳月を感じた。

「……お互いいろいろなことがあったのね」

「そうだな。でも、変わらないものもあるってわかった」

「何？」

優斗はまっすぐ琴音を見つめ、微笑んだ。

「琴音と話していると、楽しいよ」

「え……？」

「琴音と一緒にいると自然体でいられる」

優斗の瞳が揺れる。まるで、付き合っていた頃を懐かしむように。

「……もしもあんな別れ方をしなければ、今頃琴音と結婚していたのは俺だったのかな」

「優斗……」

数秒の沈黙。先に口を開いたのは、優斗だった。

「——悪い、変なことを言って。飲みすぎたのかも、感傷的になってる」

気まずい空気を取り払うように優斗は目尻を下げて笑う。

（……嘘つき）

そう簡単に彼が酔わないことを、琴音は知っている。

ならば今、彼が発した言葉は本心だったのだろうか。

感傷的になっていたからだとしても……ほんの一瞬だとしても、優斗は琴音との将来を考えたことがあるのだろうか。

そんなことを確認しても何も意味はないのはわかっている。

片や結婚目前の女。片や離婚直後の男。

互いにセンシティブになるには十分すぎる条件が揃っている。

これはただの酒の席の戯言(ざれごと)だ。

そう、わかっているのに。

問わずには、いられない。

「ねえ、優斗」

「ん?」

「私のこと……好きだった?」

優斗が息を呑(の)んだのは、一瞬だった。

おどけていた表情が変わる。

こちらを見据える真剣な眼差しには、隠しきれない熱があった。

「好きだったよ」

「っ……!」

「琴音は俺にとって初めての彼女だったから、思い出も人一倍ある。振り返ってみても、あんなに純粋に恋愛をしたのは琴音だけだった」

ストレートな言葉。

「私も」

自然と溢れ出たのは、その一言。

——ふたりの夜が再び始まる気配がした。

◇

ふたりの恋の終わりのきっかけは、琴音の就職だった。

就職を機に琴音が上京したことで、遠距離恋愛が始まったのだ。

とはいえ新幹線で二時間の距離。会おうと思えば日帰りでも十分可能だ。

寂しくはあるけれどその分たくさん電話をすればいい。

初め、琴音はそう気楽に考えていた。

むしろ遠距離恋愛を不安がっていたのは優斗の方で、琴音は自分と離れたがらない年下の恋人を可愛いとさえ思った。

……でも、そんなふうに楽観視していられたのは初めのうちだけだった。

働き始めてすぐに琴音は、社会人と学生との間にある壁に直面した。

琴音の配属先が社内きっての激務で有名な部署だったのもあるが、とにかく時間が合わなかったのだ。

入社して初めの頃は仕事に慣れるのに必死で、帰宅する頃には心も体もくたくた。連絡をする余裕もなくて、できたとしても通話アプリでメッセージを送るのが精一杯。週末は体を休めることが最優先で、せいぜい電話ができればいい方だった。

【ごめんね、優斗。今日は電話できそうにない】

【週末に会社の勉強会が入って会えなくなっちゃった】

好き、会いたい。

そんな言葉よりも謝罪の言葉を送る方が多かった。しかし、そんなすれ違いの日々にもかかわらず、優斗はいつだって琴音を応援してくれた。

『俺が会いに行くよ。大丈夫、もうほとんど単位は取り終わってるし、学生の俺の方が融通は利く。それに、どうせ言われるなら「ごめんね」より「ありがとう」の方が嬉しい』

年下なのに。

学生なのに。

会いに来るのは、いつだって優斗の方だった。

優斗は、底抜けに優しかった。

仕事が大変なときほど、疲れた体には恋人の優しさが沁みた。

彼と過ごす時間が学生の頃よりもずっと大切だと感じるようになった。

大袈裟でもなんでもなく、優斗との時間があるから自分は頑張れるのだと当時の琴音は思っていた。

……でも、それは依存しているのと同じだった。

優斗との時間に居心地のよさを感じるたびに『もっと一緒にいたい』と思う気持ちが強くなった。いつしか平日の仕事終わりは着替えるよりも何よりも、真っ先に優斗に電話をかけるようになっていた。

しかし、当然ながら優斗にも自分の生活がある。

いくら授業にゆとりのある四年生とはいえ、ときには電話に出られないことがあって当然なのに、繋がらない電話に琴音は身勝手にも不安になった。

——自分が働いている間、彼は何をしているのだろう。

そう思わずにはいられなくなってしまったのだ。

ただの飲み会だとわかっていても不安でたまらなくなる。

週末に予定があると言われると、『どうして会いに来てくれないの』と不満に感じる。

先に限界が来たのは、琴音の方だった。

いつものように仕事終わりに電話をかけたときのことだ。

電話口から、『優斗』と甘えるように名前を呼ぶ女の声が聞こえた。

優斗はすぐに『同じサークルの同級生だよ』と教えてくれたけれど、すでに彼に依存しきっていた琴音にとって、それは耐え難いことだった。

――私が仕事をしている間、優斗は他の女と一緒にいる。

たったそれだけのことがとんでもない裏切りのように感じられたのだ。

感情的になった琴音は怒りのままに優斗を一方的に責めた。

そうしながらも、心の中では『優斗ならわかってくれる』という甘えがあった。

しかし、そんなことがあり得るはずもなかったのだ。

『……琴音と話していると疲れる』

『いい加減にしてくれ。俺にも俺の都合がある。琴音にばかり合わせてなんていられない』

『別れよう』

束縛に耐えかねた優斗はそう言って、琴音を振った。

そうなって初めて、琴音は自分が犯した過ちに気づいた。

自分は、優斗を仕事のストレスの逃げ場にしていた。

好きだからという理由以前に、自分の苦しさを吐き出す道具として彼を利用していたのだ。

しかし、気づいたときにはすべてが遅かった。

優斗の優しさに甘えて、彼を振り回し、いちばん大切なものを手放してしまった。

(変わらなきゃ)

このままではいつかまた同じことを繰り返してしまう。

それが嫌なら変わらなければならない。

優斗と別れることになった原因は、彼に依存しすぎたから。束縛しすぎたから。

彼の優しさの上にあぐらをかいて、自分の足で立つことをやめてしまったから。

ならば、自立しなければ。

恋人は、自分の気持ちを楽にするための道具ではない。

(――自分の機嫌は、自分で取る)

好きだから。付き合っているから。

それを免罪符に恋人の行動を把握することはしない。

一緒にいる間はその時間を大切にするけれど、離れているときはそれぞれ自由に過ごす。

共通の趣味がなくても、食べ物の好みが一緒で、許せないものが同じならそれでいい。

一度そう意識すれば、驚くほど気持ちは楽になった。

燃え上がるような恋心も嫉妬心も必要ない。

マイナスな感情に囚われた結果、琴音は初めて愛した人を失ってしまった。

二度とそんな経験をしないためにも、適度な距離感を保ち、互いの心の安定を大切にした方がいい。

そんな琴音の恋愛観に共感してくれたのが、今の恋人だった。

別々に過ごすときは特に連絡も取り合わないし、彼が何をしているか知りたいとは思わない。それをするくらいなら、共にいる時間を大切にしたかった。

もしも今の彼と電話中に女の声が聞こえても、琴音は『誰？』と素直に聞けるだろう。

結婚を決めたくらいだから、もちろん彼のことは好きだ。

しかし、この先もしも別れることになったとしても、琴音は泣いてすがったり、息ができなくなるほど涙を流すことはしない。

しばらくの間は凹むかもしれないが、そのうち立ち直ることができる。

心の傷はやがて時間が解決してくれることは、優斗で経験済みだから。

◇

居酒屋を出たふたりは無言でタクシーに乗り込んだ。

「琴音のホテルは？」

ホテルの名前を伝えると、「なら俺の泊まってるところの方が近いな」と優斗は頷く。

「部屋もツインで取ってある」

行き先は自然と決まった。

それから目的地に着くまでの十五分間、会話は一切なかった。

後部座席に並んで座るふたりは今、指先一本すら触れていなければ、肩も接触していない。それなのにこれ以上なく夜の気配を感じるのは、これから何が起こるのかを互いに知っているから。

ホテルに到着すると、優斗はフロントに向かう。

ひとり追加することを伝えているのだろう。

戻ってきた優斗は鍵を片手に琴音を伴いエレベーターに乗り込む。

それから部屋に到着する間も会話はなかった。

居酒屋でのお喋りが嘘のような沈黙にどうしようもなく胸が高鳴る。

そして到着した部屋は、なんの変哲もないビジネスホテルのツインルームだった。

お世辞にも広いとは言えない空間の中にシングルサイズのベッドがふたつある。

しかし、その両方を使うことはきっとない。

ベッドに視線を向ける琴音に優斗は言った。

「先にシャワーを浴びてくる。俺が戻ってくるまでに答えを決めて」

――答え。

それは、優斗に抱かれるつもりならこのまま部屋で待っている。そのつもりがないのならその隙に部屋を出ていけということだ。

琴音は了解の意味を込めて小さく頷く。

ついてきたのは自分なのに、緊張で声も出なかったのだ。

「じゃあ、あとで」

逃げるな、と言われているような気がした。

優斗はガチガチに体を強張らせる琴音の頭をふわりと撫で、バスルームへと消えていく。

ドアが閉じた途端、琴音はピンと張られたシーツの上に倒れるように座り込んだ。

『好きだったよ』

あの瞬間、琴音はあっという間に付き合っていた頃に引き戻された。

自立なんてしていない。

優斗のことが好きで、好きでたまらなかった自分を思い出した。感情に引き寄せられるようにタクシーに乗り込んだ。

その行動自体が今の恋人への裏切りであることは、あの瞬間頭から消えていた。

——優斗と一緒にいたい。

ただ、それだけを思ってしまった。

遠くからはこれからの行為を連想させるシャワーの音が聞こえてくる。しかし、それはかえって琴音を冷静にさせた。

この束(つか)の間の時間は、琴音に許された最後の猶予だ。

(このまま部屋にいれば、結婚はなくなる)

浮気をしたまま入籍することは、自分にはできない。

優斗に抱かれた翌日に琴音は恋人に別れを告げるだろう。

だからといって、この一晩をきっかけに優斗と再び付き合う確証はない。その約束も確認もしないまま、ふたりはここに来てしまった。

今この瞬間、琴音は人生の帰路に立っているのを感じた。

片方を選べば、情熱的ではないけれど平穏な日々が。

もう片方を選べば、再び嫉妬や不安に苦しみながらも、心が揺れるような恋が待っているかもしれない。

そのどちらを選ぶのか。

ひとたび冷静になった琴音の選ぶ答えは、きっと初めから決まっていた。

◇

——もしも琴音が十代の若者だったら。

感情のままに身を委ねていただろうか。

——もしも琴音が人生の終盤も近い年齢であったなら。

終末を共にする相手として彼の手を取っていただろうか。

(わからない)

そんなたらればの話は考えるだけ無駄だった。

現実に生きる琴音は、一夜限りの衝動に身を任せられるほど青くない。

そして、約束された穏やかな日々を捨ててまで先の見えない関係を選ぶほどの情熱も持てなかった。

おそらく誰もいなくなった部屋を見て、優斗は残念に思うだろう。

しかし、自ら琴音に連絡を取るようなことはきっとしない。

……大人になったのだ。

よくも悪くも、ふたりとも。

琴音はそんな自分が嫌いではなかった。

少なくとも自分勝手な独占欲で大切な人を振り回し、傷つけた当時の自分よりは、引き際を知る今の方がずっといい。

ありがとう、優斗。

「……大好きだったよ」

かつては言えなかった言葉を唇に乗せて、琴音はホテルをあとにした。

# もう渋谷なんて行かない

メンヘラ大学生

いつのまにか彼女がクーラーをつけていて、ぶおんと勢いよく空調が唸った。

この関係って何だろう。

一瞬浮かんだ戯言は、彼女の温度に溶かされて、消えた。


人混みが大嫌いだ。嫌いだ、人混みをわざわざ選ぶ奴の気が知れない、と頭の中で散々に罵りながら、俺は渋谷駅前を歩く。嫌いなくせにこの街に来るのは、大好きな彼女が指定する場所だから、ただそれだけの理由でしかない。

この街特有の人混みを、手探りで抜ける。都会の喧騒には未だ慣れる気がしないし、たまにすれ違いざまに肩をぶつけることさえある。

キャッチセールスの視線を地面へ感じ、視線を落とすことでなんとかかわす。この時間帯は、彼らにとってもかき入れどきなんだと思う。

夕方にもかかわらず、衰えそうもない夏の日差しを建物の陰で避ける。そろそろ日傘を買ってもいいのかも、と思えるくらいに、最近の日本の夏の暑さはどこかおかしい。

そうこうして長い道玄坂を上った先の餃子屋で、彼女が来るのをひとり待っていた。

渋谷駅近くのオフィスで事務やら人事とやらを任されているという彼女は、営業の進捗によって残業時間がよくブレる。だから、彼女が集合時間に遅れるのはわりと日常茶飯事で、俺はそれをあまり気にしないことにしていた。

先にカウンター席でハイボールと戯れながら、俺みたいな人のために置かれているのであろうテレビを、なんの気なしに眺める。

液晶上では、オリンピックでの日本人の活躍を、興奮した様子のアナウンサーがこれでもかと伝えていた。

我が日本のバスケットボールチームは、強豪国と善戦したらしく、選手の等身大パネルで彼らがどれだけ大きいかを解説者が身振り手振りで示している。柔道は、メダルラッシュが止まらないという。レスリングでは、長い間負けなしのメダル候補がまさかの一回戦敗退を喫したらしい。思わず、目頭が熱くなるような感覚があった。完全に他人であるはずなのに、彼らが活躍しただとか悲劇が起きたというそのバックボーンに、思いを馳せる。もしかしたら、アルコールのせいもあるのだろうか。

「おまたせ！　わたし生で！」

しみじみと感傷に浸っていると、彼女の跳ねるような声が、店内を賑やかした。オフショルダーの似合う彼女が、肩に届きそうな髪を左右に揺らしている。おでこに張り付いた前髪が、なぜだかとても愛おしい。

「お疲れさま。また営業に振り回されたかんじのやつ？」

「そうなの、若干揉めちゃって。毎度毎度待たせてごめんねえ。今日はあたしが多めに出すからさ、ゆるして」

足元のカゴにバッグを放るように入れて、自然に右隣の席に腰を下ろす。ぷんと彼女が使っている柔軟剤の香りがして、ぐっと手のひらに力が入る。

「注文はもうした？　あー私これ食べたい。エビチリ。エビチリはメニューにあったら食べるって絶対きめてんの」

「何そのマイルール。エビチリなんてわりかしどこの店にあるでしょ」

「そうなのよー。あー、あと青菜炒め食べたいかも」

「と、言ってくるのを見越してもちろんもう頼んでるよ。もうそろそろ来るんじゃないか」

「えー！　きみはしごできだね。おねーさんがよしよししてあげようか！」

彼女が俺の頭頂部あたりを目がして手を伸ばしてきて、咄嗟に「うるせーやめなさい」と手を払った。

歳が三つ上の彼女はときたま、こうやって俺のことをガキ扱いしてくる。俺は三つ差なんて変わらないと思うけど、彼女からしたらそんなことはないみたいで、いつももどかしくなる。俺はどんな顔をしているのか自分でもわからないけど、からかってくるときの彼女のニヤつき顔はたまらなく可愛いから、なかなか憎めない。

ほどなくして、タイミングよくビールが並々と注がれたジョッキと皿に高く盛られた青菜炒めが届く。彼女に割り箸を手渡すと、われ先にと箸でつつき始める。

「ぷは。仕事終わりは青菜炒めにビールって法律で決めておいた方がいい」

「悪法すぎるけど、正直同意」

「あとは、エビチリとハイボール。ワインとチョコ。このへんも定めた方がいいね」

「ゆうなさんが総理大臣なったら日本終わるって」

「大丈夫だよ！　ご飯系の法改正しかしないから」

「余計心配」

口の中いっぱいに青菜の心地よい苦味が広がって、噛み締める。叩いた軽口を、ハイボールで流し込む。

彼女の整った横顔に見惚れながら、心地よさの理由を、最近はふとよく考える。歳が三個上だから落ち着いているかと思いきや、不相応に無邪気なところがあって、そのギャップにやられているんだろうか。それとも、喋り下手な俺に代わって、かわるがわる話題を提供してくれる彼女の気遣いに、頼もしさに、惹かれているのだろうか。

明確にこれと言った好きなところがあるわけじゃないのに、俺はこの人のことが魅力的だと思っている。普段ひとりでいる方が楽なくせに、ゆうなさんとなら毎日だって一緒にいたいと思う。渋谷なんてうるさい街は嫌いなのに会えるなら、と、飲みに誘ってしまう。

「あ、そいやオリンピック見てる？」

たまには俺から話題を提供しようと、なんとか絞り出した話題がそれだった。

「あんま見てない。なんで？」

「今やってんだよ。ほら見てみ。バスケの特集やってる」

テレビでは繰り返しバスケットボールについての特集と、善戦した理由が代表ＯＢとやらによって解説されていて、ぼんやりと彼女の視線もそちらの方を向いた。

「あー」

彼女は興味なさそうに一息ついて、口にする。

「そいや今朝、彼氏もバスケがすごいだの騒いでたわ。わたしあんまスポーツ興味ないから見てないいんだけど、すごいんだってねえ」

サア、と血が引いていく感覚があって、一瞬で体内のアルコールが分解されていく感覚があって、あーしまったな、と思った。息がうまく吸えないような、じわじわとゆっくり首を絞められるような感じが拭えず、選ぶようにして言葉を返す。

「……そうなんだ、例の彼氏さん、バスケやってたんだ」

「らしいよー。なんか高校生の頃国体出たとか言ってた」

前々から話で聞いていた、マッチョで年上で広告代理店勤めで、バスケで国体に出たという今日さらにアップデートされた彼氏のプロフィールが、何もかもが自分とは正反対のそれが、頭を締め付ける。

こめかみの痛みは、アルコールのせいでは、決してないと思う。

ごまかすようにハイボールを一気に飲み干すと、彼女は「何してんの急に、コールしてあげよっか？」と笑った。


今やお決まりとなっている渋谷駅前から神泉駅前まで歩く十分間は、初めてピアスを開けたときのような煌めきを今もなお持っている。

彼女は俺が人混みを苦手としているのを知っていて、できるだけ人の少ない小道を選んで、俺はその一歩後ろの定位置をついていく。

喉を潤すためにコンビニで買ったハイボールは、数分も歩けば炭酸が抜け切ってしまって、もはや味の薄いウイスキーでしかない。

「今日は新宿の方帰らんくていいの」

「いいのいいの、今日は彼氏んち行かないで自分ち泊まるから。終電までいれる」

「そんな自由にしててさ、彼氏になんか言われたりしないわけ」

「言われないよ。あいつなんか私にほとんど興味ないし。いつも朝帰りなんだから、あたしだって好きにしていいでしょ」

「そういうもんかあ。彼氏のこと好きじゃあ、ないの？」

「好きというか、なんか、違うんだよね。彼氏というよりはパートナーって言った方がしっくりくるの。もう燃え上がる感じじゃないというか。いるのが当たり前、的なね」

じゃあ、俺と彼氏どっちが好きなの？　口にしかけた禁句は、缶を煽げば容易く喉の下へと消える。事情に踏み込みすぎないことで、関係性を求めすぎないことで、彼女の一歩後ろのこの場所を、なんとか俺は守ることができている。

「ちょっとさ、公園でも寄ってこうよ」

いつもなら駅前で解散するところを、なぜだか、そんな提案が、無意識に口をついて出ていた。

「え、たまにはそういうのもいーね！　うちの近く、ちっさいけど雰囲気よさげな公園あるから案内する。ゆうなさんに任せなさい」

なんだか今日は、居酒屋で酒を飲み、適当に二軒目を挟んで、ダラダラと街を歩き、終電より二、三個前の電車で帰る、お決まりのコースをなぞるのが、億劫な気がした。

決まりきった日常を、少しだけ壊してみたくなった。

スルスルと道玄坂のラブホ街を抜けていき、俺は彼女の背中を追う。

丸みを帯びたうなじがとてつもなく色っぽくて、思わず抱きしめたくなる衝動に駆られる。そのたびに、でも、この人の身体は、感情は、俺のもとにないから、と堪える。

「コンビニでお酒買わなくて大丈夫？」

「もうとりあえずは酔えたからいっかな。ゆうなさんのだけでも買う？」

「あたしもだいじょーぶ。もう実は相当酔ってる、へへ」

「確かに、ほっぺ赤らんでるよ」

「ほんと？　やーだなあ、二十五になってから、一気にお酒弱くなっちゃった」

言い訳を挟みつつも、彼女の足取りは軽快で、もっとゆっくり歩けばいいのに、と思う。

無意識かもしれないけど、彼女のせっかちな性格が、今このふたりの時間においては、とても邪魔に思えた。

「あ、先客いるね」

公園にあったふたつのベンチは、二組のカップルに占領されていて、かといって引き返したくもない俺たちは、それとなく遊具の方へ向かう。

「このぐねぐね曲がる遊具、見るたびに思う。正式名称わかんないって」

そう言いながら、ぐねぐね曲がる遊具にまたがって、四方八方に跳ねる。

俺はその様子を、絶対に忘れないようにしようと目に焼き付ける。

「そんな揺れてて、酔わない？」

「意外と平気よ。それよりも落ちそうになるのが怖いの、これ」

きゃあきゃあと他のカップルの甘ったるい雰囲気を壊すくらいにひとりで騒いで、俺はその気の遣わなさを見て笑った。

彼女の屈託のない笑顔は、確かに俺だけに向けられていて、この瞬間だけはたぶん彼女の心のうちも俺で占められているに違いないと、そんなどうしようもない下心が、心の底を蠢（うごめ）いていた。

「てか、揺れすぎて炭酸全部吹っ飛んだ」

「何それおもろ、乗る前にわかるだろ、何してんの」

「ほんと何も考えてなかったあ」

そうやってふたりして爆笑し合えたものだから、公園に行こうと提案できてよかったなと、少しは楽しませられたかなと、ホッとした。

ゆうなさんの部屋は神泉駅から歩いて五分もかからない場所にあるらしく、立地めっちゃいいよなあと俺が羨ましがると、きまって「部屋が小さいから最悪なの。六畳もないの、六畳も」としかめっ面をしてみせた。

彼女は、彼氏の部屋がある新宿と、自分の家がある神泉を行き来していて、彼氏と揉めると荷物を持ち帰ったりして、その概要をなんとなく耳にするたびに、内心ガッツポーズしたり、がっかりさせられたりしていた。彼女のことだと、驚くほど感情が忙しくなる。

「今日、寄ってく？」

なんとなく駅に向かう道の最中、彼女がそうこぼして、思わず息を呑んだ。彼女はひとり暮らしだと言いながら、決して俺を部屋に入れようとはしなかった。ふたりで飲むほどに距離は近いのに、必ず一線を引いていた。彼女の気が変わらないよう俺は深く理由を聞くことはせず、「行く」とだけ答える。いつもなら通り過ぎるだけのマンションの各部屋からは、妖しく光が放たれている。

部屋の中は確かに六畳ほどの広さで、いつも彼女から漂う柔軟剤の香りが強まった気がした。

「……意外と部屋、片付いてるじゃん」

「意外とって何よ、あたし結構まともだからね」

「まともな人は自分のことまともとは言わないよ」

「真理刺してこないで！」

こうやってトゲのある言葉を吐き合うのは、たぶん、気恥ずかしさをごまかしたいからだと俺は思う。

部屋の中で、好きな人と、初めてふたりきりになるというのは、この上なく魅力的なことで、緊張する場面でもあって、〝そういうこと〟を意識せざるを得なかった。

なんとなく、彼女の目が見れない。


「ほら、こっちおいで」

彼女がベッドの上から手招きするのは、たぶんそういうことの合図で、俺は目を合わせられず、だけど拒否するわけもなく、招かれる方へと誘われる。

上から重ねるようにして触れた彼女の手の甲はさらりとしていて、だけれども確かに熱を持っていて、生きてるんだ、と思った。生きていて、俺なんかと、セックスがしたいんだ、と思った。

それは人として自然なことなのかもしれないけれど、俺からするととてつもなく不自然で、不可思議で、だから不安になる。

この時間は、いつまで続いてくれるのだろうか。いつまで、こうしていられるんだろうか。

不意に唇と唇が触れて、ぷつんと何かが切れる音がして、俺は思考を放棄する。目の前にある肢体を、獣のように、強く抱きしめる。抱きしめ返されて、彼女の爪が、背中に引っかかるのを感じる。一生消えない傷が付くくらいに、もっと力を入れてほしいのに、と思う。

俺は乱暴に彼女の首筋を掴む。彼女が苦しそうな表情をする。彼女の髪に顔を埋めると、汗と混ざった香水の匂いが脳みそに溶ける。

必死に息を押さえながら、彼女の唇を塞ぐ。彼女のくりりとした瞳を見つめる。そしてまたもう一度、彼女の唇にキスをしようとして、

「好きだよ、慎也」

ゆうなさんは、俺じゃない、男の名前を呼んだ。

彼女が俺のことをそこまで好きではないのはなんとなくわかっていたし、知っていた。

彼女は、俺と酒を飲んでいても、必ずといって彼氏の名前を出した。それは、俺に嫉妬させたいだとか、俺が変な気を起こさないよう牽制するだとか、そういう意図があったんじゃなくて、常に彼氏のことが頭の中にあったからだと思う。

彼女は、俺と一緒にいる時間さえも、その裏に、必ず彼氏の影があった。どこにでもいた。彼女の視線は、俺の身体を貫いて彼氏に向いていた。

それが分かっていながら、それでも彼女の隣にいることを選んだ。いつか振り向いてくれるかもしれない。彼女と別れるかもしれない。俺への好意が生まれるかもしれない。数えきれない「かもしれない」が、彼女への好意を支えていた。

そしてようやく彼女の部屋へ招かれて、俺の想いが、実ったんだと思った。この空間は、この時間だけは、正真正銘、誰にも邪魔できないはずだった。

でも、たぶん違ったのだと思う。

気づけば俺は電車に乗っていて、終電前にもかかわらず車内は人で溢れかえってい
て、誰かの肩が俺の肩にぶつかって、だからこの場所も、路線も、嫌いなんだよと頭
の中で呟く。
じゃあ、俺なんでわざわざ渋谷まで来たんだっけ？　ああ、そうか、彼女が住んで
いる街だからか。
風景の見えない地下鉄は、外の景色を見ていたい俺にはやっぱり退屈で、どうしよ
うもなく息苦しい。
ヴ、とスマホが鳴って画面に視線を移すと、【ありがと、楽しかったよ】と、メッ
セージが届いていた。
誰よりも愛おしくて、誰よりも魅力的で、たぶんまだ彼氏がいるその人は、最後の
メッセージまでズルい。
離れなきゃいけないという感情は、彼女の一言で溶ける。この渋谷という街に潜ん
でいる沼からいつ抜け出せるかは、未だ俺にはわからない。

五人目の彼のことは、
ちゃんと愛せるはずだから。

綴音夜月

――そっか、半年も経ってたんだ。


帰宅して、リビングへの扉を開ける。

そこは、生まれてから一度も見たことがないほど幸せで溢れた光景だった。

机上にはケーキと綺麗に包装された小さな箱がセッティングされていて、「おかえり」と包み込むように笑う彼がいる。

彼は、四人との別れを経て出会った今の恋人。

立ち尽くす私へ、彼は「半年記念日のサプライズ！」なんて、くしゃっと笑ってみせた。

笑い返そうとしても、頬が引きつって動かない。

嬉しい、でも、幸せ、でもない。

私はただ困惑してしまった。

こんなにもまっすぐな愛は、初めてだったから。

記念日なんて存在すら頭になかった。

というより、頭の中に置かないように避けていた。

幸せが、愛情が、永遠に続くことを願ったら傷ついてしまうから。

だから私は半年記念日を祝うことも、『これからもよろしくね』なんて未来を誓うこともできなかった。

私は確かに、彼のことが好きなはずなのに。


一瞬の沈黙のあと、私の口からは鋭くて冷たい言葉がこぼれた。

それでも空気を和ませようと微笑む彼に苦しくなって、家を飛び出した。

扉が閉まる金属音が、異常なほど耳に残る。

ひとり取り残された彼の気持ちを想像すると胸が痛んだ。

ごめんね、とも思った。

それは私の中に、彼と幸せな空間にいたいという気持ちが確かにあるから。

それでも、半年記念日にひとりなんて可哀想、とあえて他人事に割り切って、私は街灯のない路地を駆けた。


たどり着いたのは、『深夜カフェ』という看板が掲げられた店の前。

木製の扉を開くと、控えめなベルが鳴った。

無愛想とも取れる落ち着いたトーンで「いらっしゃいませ」と呟きながら、ティーカップを戸棚から取り出す彼がいる。

その懐かしい姿に、言葉が、感情が、込み上げてくる。

半年前〝元〟恋人となった彼へ。

言葉なんてまとまらない、立ち尽くして、ただまっすぐ彼を見つめて、私は震えたままの唇を動かす。

「久しぶり――、私を雑に抱いてほしい」

◆◆

暖色の灯が浮かぶ薄暗い店内にふたりきり、食器を重ねる音だけが響いている。

気まずさに襲われながら俯く私に、彼は無愛想な態度でカウンター席へ着くよう促した。

注がれた紅茶からは、彼と同棲していた頃の朝を思い出させる匂いがする。

ティーカップのふちに口をつけて、そこから覗くように彼を見た。

輪郭は、シャープに整っていて、その中に切れ長の目と通った鼻筋、薄く色づいた唇が綺麗に収まっている。肌は白くて、少し目にかかった髪がミステリアスさと中性的な美しさを醸し出している。

彼は、一年前の私が容姿だけで選んだ元恋人。

「カフェの場所、教えたことあったっけ」

カウンターの向こうに立つ彼は気怠けな猫背のまま、沈黙を埋めるように問う。

目は、合わせてくれない。

「ないよ、インスタで探したの」

「そっか、なんで来たの？」

「嫌いになって別れた相手に会ったら、わかることがあるかもしれないって思ったから」

気味の悪い話だ。

別れた恋人のＳＮＳをたどって職場を特定した挙句、客としてではなく元恋人として突然目の前に現れる。

ただ、そんなことすら、彼ならきっと呆れて終わってくれるはず。

「そういう勘だけよくて頭悪いとこ、結構好きだったかも」

そう言って、彼は片方だけ口角を上げる。

それは彼が呆れたときに見せる表情だった。

カウンターとホールの仕切りを開き、扉のすぐ近くに立てかけていた看板を裏返す。

彼の行動を目で追っていると、睨むような視線が返ってきた。

「お客さん、来ないの？」

「雑に抱いてほしいなんて言い出す迷惑客が来たから、今夜は臨時休業。自営だから融通が利きやすくてよかったね」

棘のある言葉が、今の私には心地いい。

彼の細い指が器用に首の後ろで動き、身につけていた黒いエプロンの紐が解かれる。それを手際よく畳み、洗い場の照明をひとつ消した。

容姿で選んだだけあって、その一連の動作すら私の目には綺麗に映った。

「今の彼氏は、そういうのがタイプなの？」

「え」

「黒髪ストレートになってるし、メイクそんなに甘い感じじゃなかったでしょ？　淡い色の小物なんて持ってるとこ見たことないし。俺といたときと全然違うからさ」

「覚えてるんだ、そういうとこ」

「一応好きだったからね、俺は」

彼は私からひとつ空けた席に腰を下ろす。

微かに感じる香水は私の知らない匂いで、それでも素っ気ない態度と冷めた口調は私の記憶の中の彼と綺麗に一致した。

この冷淡さが、私が彼と別れた原因。

「変わらないね、冷たいところ」

「そっちこそ。めんどくさいところ、何ひとつ成長してないな」

冷淡を通り越して、冷酷とまで思える。

でもこの冷たさは、今の私が求めている扱いそのものだった。

今の恋人は、一緒にいると困惑してしまうほど温かい。

その温かさを与えられるたびに、私は受け取り方がわからなくて苦しくなる。

「ねぇ、相槌(あいづち)とか適当でいいからさ、私の話、聞いてくれない？」

言ってしまった。

暇だしいいよ、とコーヒーを啜りながら返す彼に、心をさらけ出そうとしている。

無関心であるような雰囲気が漂うその横顔に安心している私がいた。

甘えるべき相手を、素直さを見せる相手を、完全に間違えている。

それでも動き出す唇を止める余裕を、今の私は持っていなかった。

「半年だったんだ、今日」

「俺と別れてから？」

「……今の彼と、付き合ってから」

「別れてすぐに次の恋人ができるなんて、無駄に準備がいいんだね」

「それは――ごめん、許して」

彼の無表情な横顔からは『やっぱりね』という音のない言葉が伝わってくる。

片方の口角すら動かない。それほど、心の底から呆れられてしまっているのだと思う。

「わかってたよ。付き合ってた頃に聞かされた恋愛経験から、終わり方くらい察してた」

吐き捨てられて、寂しくなった。

それでも私の過去では、彼の言葉を否定することができない。

◆

両親の温かさに触れられなかった。

友達との笑い合い方を知らなかった。

人との付き合い方がわからなかった。

誰かと気持ちを交わした経験は、私の生きてきた時間のどこにも見当たらない。

そのせいか、私は向けられた気持ちに応えることもせず、ただ気の済むまでひとりの時間と過敏になった寂しさを埋める道具として、他人(ひと)からの好意を利用するようになった。

——このままだと、私はいつか本当にひとりになる。

そう焦っていたような気がする。

恋愛を知らないまま中学、高校を終えた私にできた初めての彼氏は、同じ部署に配属された同期。

成り行きで付き合った彼との交際は、一緒にいる時間の気楽さを退屈と感じるようになり二か月で終わった。

——ちょっと距離置こう、またね。

別れ話も切り出せず、一方的に連絡先を消して退職することで強引に接点を切った。

ふたり目は経済力のある八つ年上の彼。

退職後、転がり込んだバイト先の店長だった彼に可愛がられ、一夜を共にしたことから交際が始まった。

——一緒にいられる自信が、今の私には持てないです。

現実的すぎる話だけれど、生活水準の差からくる価値観の違いに苦しくなって転職という形で離れた。

三人目は私と対極の恋愛観を持つ彼。

互いに干渉しない、ひとりの時間を確保したい。それが彼のスタンス。

当時依存体質だった私が持ち合わせていない心の余裕を彼の言動から感じて、私自身を変えるために付き合った。

――私だけが好きでいるみたい。

変われなかった。

それどころか好意的に感じていた彼の心の余裕を〝冷めている〟と感じるようになって、その虚しさから四か月続いた交際が終わった。

◆

一年間で三人と出会い、そして別れた。

私は人と向き合い切る前に、その相手から逃げるように離れることを選んでしまう。

それなら居心地のよさも、持っているものも、そもそもの恋愛観もわかろうとしないまま、目に見える容姿だけで恋人になってしまえばいい。

それが――。

「容姿だけで選ばれたんだっけ、俺」

今、ひとつ席を空けて隣にいる彼。

あとから知った話だけれど、お互いに一目惚れだったらしい。

瞬間的な惹かれ合いで、私たちの交際は始まった。

「全部が私のタイプだったんだ。顔立ちも背格好も、あの日着てた黒のセットアップも、右手人差し指の銀の指輪も」

「そんなところまでよく覚えてるね」

「私がいちばんあなたを好きだと思えたのは、出会ったあの瞬間だったからね」

◆

三人目の彼と別れて数か月が経った頃。

そろそろ私は、ひとりでいることへの孤独感から寂しくなっていた。

その日、私は午前で仕事を終え、人通りもまばらな小洒落た路地を歩いていた。

何を意識することもなくぼーっと考えていたのは『帰ったら今日で配信期限が切れるサブスク映画の続きでも観よう』ということくらい。

そんな私の目に、彼の姿が留まった。

そのサブスク映画に出ている俳優に似ている――私の好みを詰め込んだ容姿の異性。

「一緒にお茶、しませんか」

そう衝動的に声をかけて、私は彼を喫茶店へ誘った。

向かい合って席に着いた瞬間に気まずさと沈黙が襲ってきて、それを埋めるように初めましての挨拶を交わした。

彼の顔が動くたびに浮き出るフェイスライン、ティーカップをつまむ右手の指先、愛想笑いが隠しきれていないぎこちない唇と口角の動き。近くで見てもやっぱり、彼の容姿は美しかった。

名前、年齢、職業、恋人の有無。

口数の少ない彼だったけれど、知りたいことはある程度教えてくれた。

ただ、彼との時間はお世辞にも〝心地いい〟と感じられるものではなかった。

何を考えているのかわからない無表情さ、適当に打たれる相槌、店員への無愛想な態度。

容姿から期待値が高まっていたせいか、話し始めてからの印象は、正直あまりよくない。

――「恋人がいないなら、俺と付き合わない?」

それでも最後、席を立とうとした瞬間に告げられた言葉を私は受け入れてしまった。

前髪でよく見えなかった瞳には鋭さが宿っていて、その瞬間に私の中の何かが射止められたから。

彼を見つめて、よろしくお願いします、と返した。微笑む彼から差し出された手に触れて、恋人らしい距離感のまま喫茶店を出た。

躊躇(ためら)うこともなく、素直に頷いて。

偶然にもお互い近くに住んでいたことから、付き合って二か月ほどで彼との同棲生活が始まった。

家に帰って誰かがいる温かさを彼という存在はくれて、ふたりの休日が被ったときには恋人らしいデートで胸が躍って。

私は今度こそ、誰かを愛せる、好きになれる、この人とだったらずっと一緒にいられる——そんな幸せな希望すら抱けた。

気の短い彼とは言い合いになることも多かったけれど、一目惚れの相手ということもあり、私はたいていのことを容姿を理由に許せて、自然と受け入れてしまえた。

ただ目を瞑っていた違和感たちの輪郭は、はっきり見えてくる。

彼から温かさや愛といったものは感じられなくて、しまいには機械的な冷たさすら感じるようになった。

「好きだよ」

眠る前、期待を込めて私が伝えた想いに、彼は他人事のように——。

「ありがとう」

と、返した。

少し前なら彼からも『好きだよ』という言葉が返ってきていたのに。

——もう好きじゃなくなった？

私はそんな我儘な疑問を呑み込んだ。

私からの好きを拒絶しないように——なんて、彼なりの柔らかい優しさが込められていたのかもしれないと思ったら、それ以上何も言うことができなかった。

——付き合ってるのに、好きなのは私だけみたい。

頬に伝った涙を見せないように、私はその夜初めて彼に背を向けて眠ろうとした。

眠れなかった。

一晩中、隣から聞こえてくるのは彼の静かな寝息だけ。

そして私は空が明るくなるまで、彼との思い出に溺れていた。

一目惚れが重なって、たった数時間の会話ののち、私たちは恋人になった。

好きから始まったはずなのに、一緒にいればいるほど、心がわからなくなっていく。

きっと当時の私はただ、彼の恋人だと実感したかったのだと思う。

彼は出会ったときから無愛想で、何を考えているかわからない人だったから、彼に愛されているという実感を強く求めていたのだと思う。

そしていつか私も、彼のことを心から愛してみたかった。

容姿だけを理由に恋人になったけれど、ひとりの人として彼と向き合って〝ずっと一緒にいられる〟という希望を叶えてみたいと思ってしまった。

ただその希望は、一瞬の偶然によって途切れる。

彼に交際五か月の記念日を忘れられた夜、私はひとりで夜道を歩いていた。

そしてたどり着いた路地の先に、年季の入った暖簾が下がる飲食店があった。扉を開けた先では、ひとりの客と店主の朗らかな笑い声が響いている。

カウンター席のいちばん端。少し頬を赤らめた冴えない容姿の、年の近そうな男性と目が合う。

――「一緒に呑みませんか！」

彼は入り口で躊躇っている私に声をかけ、手招きしてくれた。気取らない雰囲気で、無邪気に。

それが、無性に嬉しかった。

彼は酔っていたこともあって、途中で笑いが止まらなくなったり、なぜか泣き始めたりすることもあって、その変わりように少々困惑する場面もあった。

ただそれ以上に、私の発した言葉に対して笑い声や言葉が返ってくることを、私は異常なほど幸せに感じた。

閉店時間が近づく中、彼は突然妙に深刻そうな表情で頬杖をつきながらこぼす。

――「僕、恋人とかできたことないんですよね。こんな〝ちょうどいい友人枠〟みたいな性格だから」

かなり酔いが回っているのか、一瞬触れづらい寂しさのようなものを感じた。それでもすぐに、「まぁ友達がいっぱいいるって考えたら最高ですよね！」と言って沈みかけた空気を打ち払う。

知り合ったばかりの人、容姿も好みとは言えない。

それでも私は、たまらなく彼を知りたくなってしまった。

今までの誰とも違う、そんな予感がした。

──「私も今、恋人いないですよ」

そんな嘘のあと、連絡先を交換して、私と彼は次に会う予定を立てた。

それが、四人目の彼との恋が終わる合図だった。

◆

「一目惚れってそういうものじゃない？　だって告白されたあの日、確かに私はちゃんと好きだったから」

ふたりきりの店内に漂う沈黙を破るように、少しだけ寂しそうな顔をする彼へ、私は言い訳を押し付けた。

別れたあの日の表情と重なって、今さらそんな顔されても遅いよ、と思ってしまった記憶が浮かんだから。

私と別れた日、彼は初めて心から気持ちが動いているような表情を見せた。突けば涙が溢れてしまうような、そんな表情。

「私のこと、何か月目までちゃんと好きだった？」

追い討ちをかけるようにそんな問いを投げる。

「わからない。ただ、もう少し時間が欲しかった」

鋭い声で答えが返ってくる。

彼の言葉から、目をそむけてきた後悔が忙しなく頭の中を駆け巡る。

ひとり目の彼と、退屈の先を見ようとすればよかった。

ふたり目の彼に追いつけるまで、大人になればよかった。

三人目の彼を理解できるように、私自身が変わろうと動けばよかった。

四人目の彼が言うように、もう少しだけ彼の気持ちを待っていればよかった。

私の恋はいつも、抱いている感情が愛へ変わる前に終わりを迎える。

そして幸せとは思えない終わり方をしてしまう。

だから五人目の彼とは――。

「今の彼とは、幸せになれそうなんじゃないの？」

「幸せになりたいよ。私は、ちゃんと彼のことが好きだから」

それが、私の嘘のない気持ちだった。

ただ私には、わからないことがありすぎる。

四人の彼と付き合って、ひとりじゃない感覚を知った。

それでもまだ私は、一緒にいる時間を重ねることで変わっていく距離感の掴み方も、すれ違った価値観の埋め方も、誰かを想うための心の保ち方もわからない。

でもそれ以上に――まっすぐに向けられる温かさの受け取り方を知らないままだった。

「彼は私に返せないくらいの優しさを注いでくれる。だいたいのことは許してくれて、私が記念日にひどいことを言った今日だって笑って和ませてくれようとした」

「いいじゃん、その彼氏」

中身のなくなったティーカップのふちを指先でなぞりながら、吐き捨てるように彼は呟く。

「そうだよ？　誠実で、容姿は好みじゃないけど、でもそんなこと気にならないくらい素敵な人なの」

「それなら黙って隣にいればいいのに――」

「困惑するの。私はそんな温かさを返しきれるほど優しくなる方法を知らない……。

それにわからなくなる。ここまで純粋な好意を向けられたのは初めてだから」

彼が話し終わるより先に、私の本音が口を伝った。

今の彼は優しくて、触れたことのない温かさを求めずとも与えてくれる。それが好きで、隣にいたい理由だった。

ただ付き合って数か月した頃から、私は感じたことのないほどまっすぐな好意に怯えるようになった。

――こんなに愛をくれる人からすら、私はいつか逃げるように離れることを選んでしまうかもしれない。

そう、私の心に、私自身の過去が邪魔をしていたから。

付き合い始めた頃は、向けられた気持ちのすべてを純粋に受け取れて、それを幸せだと感じられた。

隣にいることを避けるようになったのはきっと、それが日常になってしまったから。

だから一度手放す寸前になれば、私の中で彼がどれほど大切な存在なのかわかるような気がした。

沈黙を切り裂くように息を吸い、彼は戸惑った表情で深く一度頷き、口を開いた。

「それなら『私を雑に抱いてほしい』って言ってたのは、どういう意味?」

「今の彼が大切で、好きだって、私の中で再確認したいんだ」

自分でも呆れてしまうほど我儘で、どうしようもなく身勝手な考え方だ。

ただ、今の私には必要なことだと思ったから。

愛のない行為をすれば、差し出された愛にまっすぐ手を伸ばせるはずだから。

——嫌いになった彼と夜を超えたら、今の彼を恋しく思える。

黙り込む私の横で彼はため息をつき、数秒間一点を見つめたあとに立ち上がった。

店の照明が消されて、入れ替わるように奥の階段に明かりが灯る。

若干の緊張感を纏わせて、彼は私の袖を掴んだ。

「二階、行くよ」

「え——」

「元彼として、雑に抱くってそういう解釈になるから」

「でも、それって」

「『何が本当の好きか』なんて話したって仕方ないし、体感した方がよくわかるんじゃない？」

◆◆

目覚めた右側から、懐かしい寝息が聞こえた。

肌に直で触れるシルクの感触で、数時間前の記憶が寝ぼけた頭を巡る。
嘘みたいに交わらない視線。
雑な指先の動き。
無理矢理に押さえつけられる感覚。
恋人という関係がなくなった私への扱いは確かにひどいものだった。
言葉の通り、私は彼に雑に抱かれた。
その途中、彼の唇が私の耳に触れるほどの距離で告げられた――。
――『彼氏、まだ起きて待ってるかもね』
時計なんて確かめていなかったけれど、日付を越していることはわかっていた。
あの幸せで溢れた部屋にひとりでいる彼の姿が頭に浮かぶ。
可哀想、なんて他人事みたいに割り切れない。
待ってる。彼はきっと私を待ってくれている。
その優しさを痛いほど感じた。
何度も謝りたいと思った。
最悪なことをした、それも記念日なんて特別な日に。
目の前の元恋人の顔を見るたびに、言いようもない罪悪感に襲われた。
私は、愛したい人を不幸にしたんだ、と。

◆

今の彼の優しさを、痛いほど感じた。

何度も彼の顔が頭をよぎって、罪悪感が積もっていった。

彼が向けてくれる好意に、私が思う以上の愛が込められていることを体感した。

「起きてたんだ、早いね」

翌朝、寝癖のついた彼が身体を起こす。

言い表せない気まずさから、返す言葉は見つけられなかった。

無言のまま、スマートフォンを開く。

今の彼とのメッセージ画面。

通知を切っていて気づかなかった不在着信が何件も溜まっている。それを見たとき、あらためて実感した。

私は昨日の夜、彼と私にとって特別な日に彼からの愛を裏切ったのだ。

「自分が思ってるより、最低な自分でびっくりした夜だった」

え、なんて間抜けな声が返ってくる。

呆れたようなその表情は、少しだけ笑みを含んでいるような気がした。そして背伸びをしたあと、彼は寝室を出た。

ひとりベッドに取り残された私は、彼へ送る言葉を選ぶ。

サイドテーブルに脱ぎ捨てられた服に袖を通し、鞄を肩にかける。

階段を下りて、店の開店準備を始めている彼の名前を呼ぶ。半年ぶりに目が合った。

それは本当の意味での彼との別れで、今の彼との始まりのような気がした。


「ごめんね、でもありがとう」


返答は待たない。

というより、いらない。

木製の扉を開くと、控えめなベルが鳴った。

朝日の眩しさに圧倒されそうになりながら、彼からの不在着信へメッセージを残す。

【昨日はごめんね。許してなんて言わない。だから話す時間が欲しいの。もう一度ちゃんと恋人になりたい】


そのまままっすぐ、私は自宅へ向かうことを選んだ。

彼からの返信はすぐに届いて、画面を閉じる数秒で私の目に飛び込んできた。

【帰ってくるの待ってるよ。大事な彼女なんだ、くれぐれも安全に！】

そのときに思った、というより願った。

――私はこの人とずっと一緒に、幸せでいたい。

この人とならそうなれるとも思った。

そしてその願いを叶えられると、私は確信した。だって。

五人目の彼のこと――いや、私にとって初めて〝一緒に幸せになれそう〟と思えた彼のことは、ちゃんと愛せるはずだから。

# 嘘と微熱と長い夜

椎名つぼみ

高校生のとき――。

眼鏡をかけていっつもすまし顔の、ひとつ上の先輩に恋焦がれていた。

めったに笑わない。大きな声も出さない。

学校一の美人から告白されても、表情ひとつ変えずにNOを突きつけるような、クールで大人びた人。

――御幸蓮さん。

そんな彼の視線をひとりじめしていたのが、当時、私の隣にいた女友達だった。

隠してるつもりでしょうけど、私にはバレバレだったよ。

だっていつも低温なあなたが、あの子を見つめるときだけ瞳に熱を宿すの。

チリチリとした胸の痛みさえも聞こえるほどに。

あれから七年――。

彼女はもうすぐ、御幸センパイの親友の花嫁になる。

☆★☆

「ご無沙汰しています。白石です。覚えてますか?」

蒸し暑い夏の夕暮れ。

仕事帰りに約束したカフェ居酒屋で、私は卒業式ぶりに御幸センパイと再会した。

きっかけは十日前。

来春に結婚式を挙げるせりなに、『高校からの友達に頼みたくて』と、二次会の幹事を任されたこと。

新郎の友人とふたりで、って話が続いたときに、懐かしい彼の名前があがることを瞬間的に願った。

だってそんなことでもないと、私たちが顔を合わせる機会はない。

御幸センパイと私は、せりなが間に入って初めて繋がる、〝親友の恋人の、友達〟っていう薄い関係だったから。

そして秘めたる願いは叶い、今日は初めての打ち合わせ。

期待と緊張で昨日はほとんど眠れなかったなんて、先輩には絶対に悟られたくない。

久しぶりにあなたのことを思い出しました――的なスタンスで、強気に優雅に微笑んでみせる。

それなのに……。

「麻琴(まこと)ちゃん、だよな?　久しぶり」

名前を呼ばれただけで、心臓が大きく跳ねてしまった。

向かい側の席に座った彼——御幸センパイを、私は息を呑んで見つめる。

真夏でも隙のないスーツスタイルは仕事柄だろうか。どこかインテリで、知的な雰囲気は変わっていない。

センター分けした短めの黒髪に、涼し気な瞳。トレードマークともいえる、ネイビーフレームの眼鏡。

少し近寄りがたいような凛とした横顔とスマートな立ち居振る舞いは、今も昔も私の性癖に刺さる。

でも大人になって、多少は柔らかくなったかな？

昔は、私にこんなふうに、気軽に笑いかける人じゃなかった。

「忘れられてるかなって思ってたので安心しました。ほら私たち、高校時代はあまり交流がなかったですし」

「ああ、学年も違ったしな。でも俺ははっきりと覚えてるよ。セリちゃんがよく、君のことを話してたから」

淀みなくそんなことを語られて、またもや胸がトクンッと鳴る。

せりなを通してでも、彼の目に留まっていたことが嬉しい。

私の心はあっという間に、高校時代にタイムリープしていた。

あー、だめだ。

このままじゃ、完全に彼のペースにはまってしまう。

たったひとつの歳の差が大きな壁になっていた、あの頃と同じではいたくないの。

せっかく会えたんだから、今、目の前にいる私を見てほしい。

☆★☆

ビールを飲みながら軽く食事をして、私たちはまずお互いの近況を報告し合った。

「へえ、麻琴ちゃんってネイリストなんだ。表参道で自分のスタジオを開くって、結構すごいな」

「ははっ。高校時代の私からは想像できないですよね。おしゃれなんか後回しで、毎日バレーに打ち込んでたのに」

「だからじゃない？　必死で頑張れる人だったから、社会人になっても変わらず、目標に向かってまっすぐに進めたんでしょ」

先輩がストレートに、私のことを褒めてくれる。

そう。こういうことを照れずに茶化さずに、サラッと言えちゃうところに憧れていた。

やっぱり素敵だな。

恋人……もちろん、いるよね。

「あ、あの……もしよかったら！　カノジョさんにうちの店、紹介してくださいね」

しまった！　さりげなく存在確認のつもりが……声、ちょっと裏返った？

ごまかすように笑って、名刺を差し出す。

彼はそれを躊躇いながら受け取って、軽く苦笑いした。

「残念ながら今は、そういう人はいないんだけど。そうだな、会社の女性陣にでも宣伝しておくよ」

嘘、まさかのフリー？

気持ちが高揚する。落ち着け、私。

「御幸さん、次もビールでいいですか？　お料理って足りてます？」

二杯目をオーダーし、運ばれてきたサラダを取り分けた。

こんなテンプレ行動、普段だったら絶対にやらないのに。

御幸センパイに少しでもよく見せたくて、気の利いた女を演じてしまう。

「ありがとう。でも、麻琴ちゃんもゆっくり食べて。俺は自分のペースでやるから」

私からサラダ皿を受け取った彼の顔が、わずかに歪(ゆが)んだ気がした。

もしかして、こういうことされるの鬱陶しいタイプだった？

やばい、失敗した。

浮かれて悦に入っていた自分が恥ずかしい。

「すみません、私……」

「実はさ、俺。プチトマトが苦手なんだ」

「はい？」

思いがけない言葉に驚いて、俯きかけた顔を上げる。

御幸センパイはやや照れくさそうに、こめかみを小さくかいた。

「子どものときに食べすぎたみたいで。高校ではもう、弁当に入ってるのもキツくて」

嘘っ、リサーチ不足！　でも新情報、なんか嬉しい。

「そうだったんですね。じゃあ、残してもらって大丈夫ですよ」

「麻琴ちゃんは、食べられる？」

「はい。実はサラダの宝だと思ってて」

「ハハッ。だから綺麗に、頂上にのっけてくれたんだ」

御幸センパイは私とトマトののったお皿をまじまじと見比べて、可笑しそうに声を出して笑った。

片方の眉が下がっている。こんなふうに顔をクシャッとして笑うんだ……なんか可愛い。

日常の姿が垣間見えた気がして、嬉しくなって頬が緩む。

そんな私の顔を覗き込むように、彼はちょっと前屈みになった。

「じゃあ、はい。俺の分も食べて？」

ひょいっとトマトのへたをつまみ、私の口元にゆっくりと手を伸ばす。

「え？」

えぇ〜?? こ……これは。あ〜ん、してくれるってことでいいんでしょうか？

あのクールな御幸センパイが？ 私に!?

「い、いただきます」

妙にかしこまりながら、おちょぼ口でプチトマトを受け止める。

先輩の指先が、私の唇に微かに触れた。

たった一瞬のそれだけで、心拍数が上昇してしまう。

女っぷりを見せつけて、彼をドキッとさせるつもりだったのに。

悔しいけどさっきから、私の方がやられてる。

でも、大人になるってすごい。

あの頃の高い壁は膝元まで下がり、今なら簡単に跳び越えることができそう。

もしかしてずっと欲しかったこの人が、手に入るかもしれない……？

☆
★
☆

一通りの食事を終えて、お互いが打ち解けたと感じた頃。

私たちはようやく二次会の段取りを話し始めた。

「会場はもう押さえてあるんだ。紫己の大学のサークル仲間だけでも、五十人近く集まるっていうから」

御幸センパイがスマホの画面を寄せて、リストを見せてくれる。

せりなの旦那様になる紫己さんは、高校時代からカリスマ的存在ですごくモテる人だった。

当時は女子の半数以上が、彼を慕っていたと言っても過言じゃない。

「二次会の参加者、女の人が多いですね。せりな一筋で他に浮いた話も聞かないのに、さすが紫己さんって感じ」

「あいつは昔から天然の人たらしだからな。ほら麻琴ちゃんも、ご多分に漏れず紫己のファンだったろ？」

「あぁ……」

そういえば、学校ではそんな素振りを見せていたかもしれない。

だって隣のあなたが好きとは、とても口に出せなかったから。

みんなのノリに合わせて、せりなと紫己さんの関係に羨望の眼差しを向けていた。

本当に羨ましかったのは、そっちじゃなかったのだけど。

「えっと……御幸さんと紫己さんって、いつからの友達なんですか？」

「んー、小四くらいかな。塾が同じでさ」

「そんなに前から？　じゃあ、せりなも？」

「そう、あの子も一緒。いつも紫己のあとを追いかけてたから、気づいたら仲良くなってて」

しみじみと口にして、どこか遠くを眺めるように優しく目を細めた先輩。

少し酔ってるのかな？

彼の視界の中心に、何か見えないものが映っているみたい。

あれ……私、この感覚を知っている。なんだか懐かしくて胸が痛い、この感じ。

そしてハッとする。

私はまた、届かないものをひたむきに追う、御幸センパイを目にしてるんじゃないかって。

「あはっ。じゃあ御幸さんにとって、せりなは妹みたいな感じですね？」

先輩、まさかまだせりなを……？

疑念を振り払いたくて、できるだけ明るい声を出した。

恋愛感情から切り離した場所に、わざと彼を突き放す。

「……だな。兄貴分としては、セリちゃんの幸せを心から願ってるよ」

「大丈夫ですよ、相手は完璧カレシの紫己さんですもん！　絶対に幸せにしてくれますって」

「うん、それ。セリちゃんに関して、あいつほど信頼のおけるヤツはいないもんな」

「です、です！」

「まあ、だからこそ……。何かあったときには、俺が飛んでってやんなきゃとも思ってるんだけど」

伏し目がちにそう呟いた御幸センパイを見て、疑惑はいっそう濃度を上げる。

もうあれから七年も経っているのに。

ますます素敵な男性になっているのに。

まさか彼の気持ちはあの頃と変わらず、まだせりなのところにあるの？

☆★☆

打ち合わせをどんなふうに切り上げて、店を出てきたのかよく覚えていない。

飲んでいないと思考が勝手に破裂しそうで、あれからワインをボトルで頼んだ。

御幸センパイは『ほどほどに』って忠告してくれながらも、空になるまで付き合ってくれた。

人通りの少ない、二十三時の西新宿。

ビルの谷間にある公園で、私は酔いを醒ますためにベンチに座った。

「すみません……ちょっと飲みすぎちゃったみたいで。私は大丈夫なんで、御幸さんのタイミングで帰ってください」

これは半分本音で、半分は賭けだ。

本当はまだ別れたくない。でも引き留める言葉が見つからない。

だから卑怯だとわかっていても、彼に選択を委ねるの。

黙ってこのまま去ってくれれば、私もこれ以上踏み込まずに済むって。

「いいよ、付き合う。こうなる予感がしてて、止めなかったのは俺だし」

彼はふっと口角を上げて、私の隣に腰を下ろした。

一瞬だけ触れた手が熱い。

生暖かい夜風がうずを巻いて、先輩と私をふわりとくるんだ。

「ねえ、御幸さん……」

「ん？」

「ずっと忘れられない人って、いますか？」

私の不意の問いに、彼が息を呑んだのがわかった。

せりなのことが、まだ好きなんですか？
もうすぐ結婚して、永遠に手の届かない人になるのに。
高校時代から……ううん。もしかして出会った頃から、ずっと想っているんですか？
もどかしい気持ちでまっすぐに見つめる。
御幸センパイは困ったように顔をそむけて、浅く唇を噛む。
「麻琴ちゃんは、いるの？　そういう人が」
常に毅然とした態度を崩さない、彼らしくない返答。
質問に質問で返してくるなんてズルい。
でも曖昧に嘘をつけないくらい、先輩の心は膨らんでいるんだとわかった。
まだ好き、なんだね。
霞がかっていた疑惑が確信に変わる。
「私はいますよ、高校時代からずっと忘れられない憧れの人が」
はっきりと言い切ると、彼は眼鏡の奥で眩しそうに目を細めた。
「そっか。いいな、明言できるの。カッコイイ」
瞳に影を落としながら、どこか切なげに笑う。
ああ、こういう表情好き。

叶わない想いを抱いて心を痛めるあなたの姿は、いつも私の琴線に触れる。

私やっぱり、この人が欲しい。

過去の感傷に浸っているだけなのか。純粋で見返りを求めない恋を、ただ懐かしんでいるだけなのか。

それは自分でもよくわからないのだけど。

十代の私には高く感じた壁を、今だからこそ乗り越えて、彼にもっと近づきたいって思っている。

きっとこれが最後のチャンス。

そしてもう、心なんて求めない。

ちゃんと忘れるために、今夜〝せりなの友人〟という境界線を越えたいの。

たとえもう二度と、『麻琴ちゃん』って笑いかけてもらえなくても。

「御幸さん……私ね」

「ん？」

「高校のときからずっと、紫己さんのことが好きなんです」

渾身(こんしん)の嘘をついた。

警戒されずに同情を誘うには、こんな告白しか思いつかなかった。

御幸センパイはわずかに驚いた顔をして、でも慈しむような目で私を見つめてくれる。

「それじゃ、ずっとつらかったな。紫己はいつだって、セリちゃんだけのものだったから……」

変換すると、『セリちゃんはずっと、紫己だけのものだから。想いを伝える隙もなくてつらい』——きっとこんな感じ？

あなたは一生、自分の気持ちを隠し続けるつもりだろうから、私が代わりに言ってあげる。

「本当はあの人を、自分だけのものにしたかった。好きで好きでたまらなくて……」

知らずのうちに、涙が溢れていた。

「親友の大切な人じゃなきゃ、今すぐにでも奪いに行きたいのに」

御幸センパイの気持ちを代弁しているだけ。なのに、自然と嗚咽(おえつ)が喉をつき上げる。

「嫌なの、本当は。結婚なんかしてほしくないって……」

張り裂けそうな胸の痛みに耐えられなくなって、すがりつこうとした刹那——。

彼の方が一瞬早く、私の肩を包み込んだ。

優しく頭を撫で、それでいて強く私をかき抱く。

「それ以上は……口にしちゃだめだよ」

だったら……。

「御幸さんが代わりに、慰めてくれませんか？」

このタイミングでそう言われたら、あなたは私を簡単に突き放せない。

わかっていて、ねだったの。

☆★☆

ホテルの高層階。

頭上の大きな窓からは、白く尖った月が見える。

薄暗い部屋でその明かりだけを頼りに、私は御幸センパイの首にひしとしがみついてキスをした。

ここまで来たら絶対に逃がさない。

誰のことを見ていたとしても、それがどれだけの想いでも。

今夜だけは、あなたは私のもの——。

角度を変えてもう一度唇を合わせると、彼はようやく迷いを吹っ切ったようだった。

遅いよって、心の中でツッコミつつも、やっと手に入れた温もりが嬉しくて、また泣きそうになる。

一夜限りの夢だからこそ、絶対に覚えておきたい。

擦れ合う舌の感触。

長い指が私にどうやって触れて、形のいい唇がどこに痕を残したのか。

低温なあなたが初めて私にくれた熱を、この先もずっと忘れたくない――。

☆★☆

カーテンの隙間から、黄色い朝日が差し込む。

薄暗い部屋でその光だけを頼りに、まだベッドで眠る彼を起こさないよう、私は静かに身支度を整えた。

肌に残る微熱が愛おしくて、自分の体をギュッと抱きしめる。

立ち去る前に、もう一度だけ顔が見たかった。

そっと脇に近づくと、ふっと目を覚ました彼に、無意識に手首を掴まれる。

「麻琴ちゃん……」

名前を呼ばれて、視線が交わる。

胸の奥にしまったはずの『好き』という言葉が、唇のはしからこぼれ落ちそうになったけれど――。

「……ゴメン」

そう先回りされて、すぐに冷静になれた。

温度のない瞳。

掴まれた手首からも、すぐさま温もりが消える。

ああ、やっぱり私じゃだめだったか……。

「何を言ってるんですか？　私はただ、御幸さんに甘やかしてもらっただけですよ」

不思議と悲嘆の気持ちはない。

上手に微笑みさえ浮かべて、私は部屋をあとにする。


無機質な高層ビル街を覆う、夏の青空がやけに清々しく感じられた。

後悔なんて微塵もない。

そう思っても涙が止まらないのは……。

もう二度と、見返りを求めない純粋な気持ちだけで、彼を見つめることはできないから。

ただその事実が、寂しいだけだ。

でも私は一足先に、あの頃の気持ちにケリをつけた。

あなたも早く、その長い夜を駆け抜けられますように――。

まだどこに続くかわからない道を、私は前だけを向いて闊歩する。

【End】

#××ナイト・××ストーリー

小桜菜々

「絶対許さない。もう本っっっ当に、全身めった刺しにしてやりたい」

あまりにも物騒な台詞をそっとテーブルに落とした一華(いちか)の目は、すでに二、三人は殺(や)っていそうだった。

中学時代はアイドルみたいだった一華の愛らしさが消滅し、私が見てきた姿はもはや幻想だったのかとすら思えてくる。かつての親友の変貌ぶりを目の当たりにした私は、ただただ絶句するのみだった。

十年前の春に中学校を卒業した私たちは、同窓会という名目で集められていた。一次会はホテルの会場を貸し切っての立食パーティーだ。はたから見れば結婚式だと誤解されるくらいに着飾った参加者は、三十人を超えていた。年末の忙しい時期だというのに、クラスのほぼ全員が集まったことになる。

当時からわりと平和なクラスだとは思っていたものの、十年経ってもこれだけの人数が集まるのなら、それは長い時を経て必要以上に美化された記憶ではなかったのだろう。

幸い、と言っていいものか定かではないけれど、今の台詞が聞こえる距離にいるのは私だけだ。同じテーブルを囲んでいた女の子たちは、ついさっきトイレに行ったばかりである。もしかすると、一華は私とふたりきりになるタイミングを見計らっていたのかもしれない。

「ごめん、せっかく久しぶりに会ったのに暗い感じで。でもこんなこと弥夜(やよ)にしか言えなくて」

「いいよ。私でよければ聞くから」

暗い感じどころではないけれど、一華も私のことを親友だと思ってくれていたのだろうことは素直に嬉しかった。

会場を見渡せば、トイレに行った女の子たちはいつの間にか会場に戻ってきていて、別のグループと歓談している。

だろうな、と思った。私と彼女たちは特別親しかったわけではない。というより、私が自信を持って友達と呼べる存在は一華だけだった。ただ、中学卒業と同時に地元を離れ、それ以来クラスでの集まりにほとんど顔を出さず、SNSでも自身の近況を一切発信しなかった私の参加が物珍しく、とりあえず好奇心で寄ってきただけなのだろう。

私だって参加するつもりなど毛頭なかった。実際に幹事からLINEで出欠リストが送られてきた瞬間からずっと〝×〟にしていた。いくら元同級生とはいえ十年も疎遠だったのだ。ただでさえクラスになじめている方ではなかったのに、今さら場に溶け込める自信などあるはずもない。

一か月前、出欠締め切り前日にあの出来事がなければ、今日ここに足を運ぶことはなかったと断言できる。

一華とだってろくに会っていなかったのに、そんな私のそばにいてくれることに心の中で感謝した。学生時代の友達は一生もの、という言葉はあながち迷信ではないのかもしれないなと思いながら、言い淀んでいる一華の背中を押す。

「全部吐いちゃいなよ。みんなもしばらく戻ってこなさそうだし」

私の視線を追って彼女たちの様子を確認した一華は、だね、と呟いてからやっと続きを口にした。

「旦那が浮気してたの。よりによって元カノと」

嘘でしょ？　——と漏れそうになった声をすんでのところで堪えた。

「こっちは全然その気なかったのにしつこく言い寄ってきて、好きだ好きだ世界一大好きだって言うから付き合って、一生楽させるし大事にするって言うから結婚してやったのに、たったの一年で浮気だよ。ほんと死ねばいい。絶対慰謝料ふんだくって離婚してやる」

淡々と話された内容に驚きながら、なるほど、と腑に落ちてもいた。

同窓会スタートと同時に、せっかくだし今日は独身気分で楽しもう！　ほら全員指輪なんか外して！と声高に叫んでいたから家庭で何かあったのかもしれないと予想はしていたけれど、あの伏線がしっかりと回収されたわけである。

今の台詞だけ切り取ればとんでもなく高飛車でプライドの高い女だが、すべてが本心ではないとわかっていた。一華は、こうして暴言でも吐かなければ耐えられないほど深く傷ついたのだろう。信頼していたパートナーに裏切られたのだから当たり前だ。

〝怒り〟は二次感情なのだという。根本には〝悲しい〟や〝苦しい〟があり、そういったマイナスな感情がないまぜになって〝怒り〟が発生する。あるいは、真っ先に生まれた感情をごまかすためなのかもしれない。〝傷ついた〟や〝寂しい〟を素直に伝えられる人間は、きっとそんなに多くない。

一華の胸中を心配しながら、私は羨ましいとも思っていた。

いくら二次感情とはいえ、こうして怒ることが——感情を表現することができるのだ。この調子からして、すでに旦那にも怒りをぶちまけたのだろう。

限度はあるが、怒れることはいいことだと私は思う。

怒らない人間の方が、よっぽど質が悪いときもある。

「今日参加したのだって、憂さ晴らしっていうか羽目外してやろうっていうか、なんなら私だって浮気し返してやろうかなって思ったんだよね。同窓会で再会して気持ち盛り上がっちゃって、みたいなのよく聞くし。……穂高が幹事だし」

穂高は、一華が中学時代に付き合っていた男だ。

青春時代の恋を特別なものとして——自分の都合のいいように脚色もしながら——

記憶に刻み、心の灯にしている人は少なくないのではないだろうか。一華以外にも、かつての想い人との再会を期待して今日この場に臨んでいる人がどれくらいいるだろう。

それは、私だって例外ではない。

「あ……はは。まあ、だめだよね、仕返しなんて。ていうか穂高だって結婚してるんだからくだらないことに巻き込むわけにいかない……いや、それ以前に私とどうなるとかありえないし。大丈夫、ちゃんとわかってる。言ってみたかっただけ。冗談だから忘れて」

一通り愚痴って冷静になったのかと思いきや、一華の表情は硬かった。勢い任せに暴言を吐いてしまった人特有の罪悪感や後悔が滲んでいる。ただ鬱憤を発散させたかっただけで、今日は浮気なんかせずにちゃんと旦那のもとへ帰り、結果はどうあれきちんと話し合うのだろうと思った。

苦笑いをこぼした一華の口元に視線を落としながら、伝えるべき言葉を思案する。

「いいと思う」

いくつか浮かんだ言葉の中から私が選んだのは、おそらくいちばん口に出すべきではない言葉だった。

「何をしてどう転ぼうが自己責任だし、くだらないってわかってても仕返しくらいしてやらなきゃどうにもならないときだってあるし。ていうか、そもそもなんでやり返しちゃだめなんだろ。相手にされたのと同じことをしたとして、それって単なるおあいこでしょ」

唖然としながら私を見上げる一華の中で、怒りがふっと鎮火したことを感じ取った。硬直していた一華の頬と唇が綻ぶ。

「なんか一気にすっきりしちゃった。弥夜に話してよかったよ。ありがとね！」

——そうだよ。仕返しなんてやめた方がいい。そんなことしても意味ないし、旦那さんと同じところに落ちることになるよ。自分が虚しくなるだけだと思う。

というふうなことを言うのが正解だった。そんなことわかっている。

正論は言わずもがな正しい。だけど間違えてしまう人間にとっては窮屈で鬱陶しいだけだ。

共感してほしい。許されたい。仕方がないことなのだと、あなたは悪くないと、たとえ嘘でもいいから言ってほしい。それが本心なのだから。

私たちは、何があっても清さや正しさを貫けるほど強くも逞しくもない。どんなときでも他人を思いやれるほど心に余裕はない。ふとしたきっかけで容量オーバーになってパンクし、奥底に潜んでいる澱が溢れ出して体中を駆け巡り、やがていとも簡単に支配されてしまうのだ。

「おー！　やっと来た！　おっせえよ！」

一華が落ち着くのを見計らったようなタイミングで、穂高の声が会場に響き渡った。

全員の視線が一点に集中する。その人を認識した途端、会場がどっと沸いた。

「あれ？　朝日(あさひ)って出欠リスト×になってなかったっけ？」

今日この場にいるほとんどが、一華と同じように驚いているはずだ。

だけど私は知っていた。

——久しぶり。急にごめん。

一か月前、締め切り前日の深夜に、登録だけして放置していたSNSにDMが届いたとき、アカウント名を確認するまでもなく送り主に見当がついた。十年間も音信不通だったのに、なぜか直感してしまったのだ。

——弥夜って同窓会行かないの？　出欠リスト×になってるけど。

続けて送られてきたメッセージを放心状態で眺めながら、どんな偶然だと思った。

なんてタイミングで連絡をよこすのだとも思った。

動揺しながら確認したアカウント名に【Asahi】の文字を見つけた瞬間、冷静さなどとっくに失っていた私の指は勝手に動いていた。

——久しぶりだね。なんでそんなこと訊くの？　朝日も行かないんでしょ？

——そのつもりだったけど、弥夜が行くなら行こうかなと思って。

——弥夜、クラス会とか来ないからずっと会ってないし。

まるで言い訳みたいに付け足されたそれに、私は理性を完全に捨てて返信した。

——朝日が行くなら行こうかな。

朝日は、私が中学時代に付き合っていた男だった。

思考が回想から現実に戻ってくると、視線の先で朝日は元クラスメイトたちに囲まれていた。昔の面影が残っている姿を遠目で見つめる。思わず目を奪われてしまうスター性は今でも健在なのだと一目でわかった。オーラのようなものは天性の才能なのだから、歳月ごときじゃ損なわれないのだろう。

学ラン姿しか見たことがないのに、スーツ姿を見ても不思議とまるで違和感がない。それは朝日が完璧に着こなしているからなのだろう。濃紺のスーツがスレンダーな体型によく似合っている。丁寧にセットされたアップバングの黒髪は、爽やかな営業マンを思わせた。

ふいに朝日の視線が私に向いた。

——朝日が行くなら行こうかな。

あの日は冷静さを欠いていたからといって、なんて挑発的なメッセージを送ってしまったのだろう。いや、先にそう送ってきたのは朝日だ。私は同じ文言を返しただけ。とはいえ、それにしても、軽く流すべきだったのに。私はあんな台詞を言える立場にない。

今さら激しい後悔と気恥ずかしさが突き上げて、思わず視線を落としたとき。

朝日の左手に光るリングが視界に入った。

*

中学時代の私は、よく言えば優等生だった。

校則を遵守し、真面目に授業を受け、遅刻をしたことも提出物を忘れたことも一度だってない。先生に反抗するなどもっての外。クラス委員長を決めるときは真っ先に私の名前が挙がったし、私もそれを受け入れてそつなくこなした。つまるところ、これといって特筆することのない、至極つまらない生徒だったのだ。

責任感が強かったわけじゃない。委員長なんて面倒なだけだし本当はやりたくなかった。ただ勉強しか取り柄がなかった私は、隣市にある大学付属の進学校の推薦を狙っていたし、少しでも内申をよりよくするために何かしらの長でもやろうと思っただけ。――なんてことは誰にも打ち明けず、淡々と優等生を演じていた。私は昔から、重要かつマイナスな部分をひた隠しにする、こすい女だったのだ。

そんなつまらない私にも分け隔てなく接してくれたのが、一年からずっと同じクラスだった一華と、クラスの——いや、学年のスターである朝日だった。

三年で初めて同じクラスになった朝日は、なぜか頻繁に私に話しかけてきた。

さすがひたすらキラキラしているスターの頭にはスクールカーストなど存在しないのだなと感心していたが（空気を読めないともいえる）、どうやらそういうわけでもないらしいと気づいた。というか、真意を測る前に朝日から告白されたのだ。

もちろん最初は混乱したものの、嬉しいに決まっていた。私は朝日のことが好きだった。誰もが認めるスターに構われて優しくされて『朝日って弥夜のこと好きなんじゃない……？』と親友に言われて、好きにならない女などいるだろうか？　私が朝日に恋をするのは、もはや必然といってもいいくらいに自然なことだった。

だけど、なぜ朝日が私を好きになってくれたのかはまったくわからなかった。告白されたときに勇気を振り絞って訊いても、『なんでだろ？　委員の仕事とか頑張っててすげえなーと思ってたらなんか気になっちゃって、話すようになってからは弥夜のことばっか考えるようになって、ああこれ俺って弥夜のこと好きなんじゃんって気づいて、じゃあ早く告んなきゃって思った』とよくわからない返答を頂戴しただけだった。

それでも私は、世界が色づくってこういうことなんだ、まるで細胞が生まれ変わったみたい、といきなり脳内お花畑になるくらい、嫌いだった夏が一瞬で最高の季節に思えてしまうくらい、本当に本当に嬉しかった。

同時に、手放しで浮かれられない自分もいた。

＊

「え、ヤッたの？」

少々下世話なワードがオブラートに包むことなく堂々と飛んできたのは、すでに三次会に突入しているからだろう。一次会では三十人を超えていた参加者も今は十人にも満たず、ややお堅い形式のパーティーが終了したという開放感で気が緩みきっていた。空気はさながら、居酒屋の一室ではなくかつて青春時代を過ごした教室だ。

同窓会なんか参加したところで浮くだけだと思っていたくせに、一華に誘われるがままちゃっかり三次会まで参加している私は、自分で思ってたよりクラスになじめていたのかも、と思えるくらいには楽しめていた。

朝日とは挨拶程度しか交わしていなかった。DMではあんなことを送っておいて、いざ顔を見ると話しかける勇気が出ない。朝日の周りには常に人が集まっているから、話しかけるチャンスを見つけることすら至難の業だ。

だけど、このまま生存確認ができた程度で今日を終わらせるのが、いちばんいいのかもしれない。

朝日は、結婚していたのだから。

装飾のない至ってシンプルなリングが、この場ではひときわ輝いている。それが視界に入るたび、嫌になるほど実感させられてしまう。何人たりとも私の心を塗り替えることなどできないくらいに、今でもあいつのことが好きなのだと。

「それ不倫じゃん。おまえ結婚してんじゃん」

「違う違う。結婚する前の話」

「だったらまあギリセーフか……とはならねえよ」

「あ、やっぱり？」

彼らの会話のあらすじはこうだ。

ぶっちゃけ浮気したことある？という謎のお題が誰からともなく発され、実は俺さ……と名乗り出た彼は、友達に誘われて参加した飲み会で意気投合した女の子と雰囲気に呑まれてつい——と罪の告白を始めた。という流れを経て冒頭の下世話なワードにたどり着いたのである。

まさか超近距離に旦那に浮気されたてほやほやの女がいるとは夢にも思っていないだろう彼らは、引き続き〝浮気〟というテーマで盛り上がる。恐る恐る一華を見れば、怒ってはいない……というよりも、むしろ興味津々に見えた。傷ついてはいないようなので、ひとまずホッとする。

こうした暴露話を耳にするたびに思う。

誰もが羨む相思相愛のカップルやおしどり夫婦など、いったいどこの世界に存在するのだろう？

世の中は、こんなにも浮気や不倫で溢れているのに。

「てか俺、朝日が結婚したときすげえびっくりした」

なんの前触れもない急カーブにとんでもなくドキッとした。私の斜向かいに座っている朝日もぎょっとしている。

「は？　なんで？」

「だっておまえ、すっげえモテてたのにそういう話聞いたことなかったし。告られても全員振ってたじゃん。学校中の女子泣かせてたじゃん。だから女に興味ないんだと思ってた」

「んなわけねえし、学校中はさすがに盛りすぎだろ。学年中の女子だよ」

「は？　死ね」

穂高の疑問は当然だった。

私と朝日が付き合っていたことは誰も知らないのだ。

――付き合うこと、誰にも言わないでほしい。

それが、告白を受け入れた私が舞い踊りたい気持ちを死ぬ気で堪えながら出した条件だったからだ。

理由は大きくふたつある。

穂高の言う通り、朝日は誰からの告白も受け入れたことがない。そんな鉄壁のスターにいよいよ彼女ができたとなれば、遅くても翌日中には全校生徒に広まる。私みたいなつまらない女を選んだとなれば、確実に全学校が震撼する。不釣り合いにもほどがあるのだ。周囲からの視線に惨めな思いをすることは間違いなく、まだ子どもだった私がそれに耐える自信などあるはずもなかった。

もうひとつは、私たちの恋が続かないことをわかっていたからだ。

「告られても断ってたのは、好きな子がいたからだよ」

しばし逡巡していた朝日は、みんなからの圧に根負けしたのか空気を読んだのか、ゆっくりと首を回した。

ふと、目が合う。

「俺は中学三年間ずっと、弥夜が好きだった」

それは、私たちが最後に過ごした夜とまったく同じ台詞だった。

＊

「なんで別れたいの？」

　卒業式の日、別れを切り出した私に朝日は驚きと怒りをあらわにした。

　告白されたとき、付き合うのは中学を卒業するまでだと私は勝手に決めていた。無事に志望校の推薦をもらえた私は、合格すれば地元を離れて高校の寮に入るため、この時点で遠距離になることがほぼ確定していたのだ。電車で片道二時間の距離は、中学生にとっては途方もない。

　ならば、なぜ告白を受け入れてしまったのか。

　いちばんの理由は、告白を断る勇気がなかったからだ。淡々と過ごしていた中学生活に射した強烈な光を拒むことなんて、私にはできなかった。

　とはいえ、離れるのが寂しくて耐えられそうにないから別れたい、なんて正直に言ったところで朝日は絶対に納得してくれない。朝日の頭には、会えない＋寂しい＝別れる、という方程式など存在しないのだ。

　実際に高校からは寮に入ると伝えたときも、ちょっと寂しくなるけど夏休みとかはいっぱい会おうな！くらいの反応だった。まるで長期連休以外はまったく会えないことなど微々たる障害だと言わんばかりに。いや、朝日にとっては障害ですらなかったのだろう。

どこまでもまっすぐな朝日が眩しすぎて、私はなおさら寂しかった。

正直な理由は言えない。かといって、そんな朝日を納得させられるほど上手な嘘も浮かばない。だから私は、ただ『別れよう』と繰り返すという戦略を取ったのだった。

今思えばバカすぎるしひどすぎる。

いずれにせよ、全部自分のためだった。

いつだって私は、自分のことしか考えられなかった。

「……わかったよ。けど、お願いがある」

「お願いって？」

「別れるのは明後日にして。で、明日は一日俺に付き合って」

大して迷いもせずに頷き、翌日は別れ話なんかなかったみたいに一日遊び尽くした。日が沈んでも私の手を離そうとしない朝日に促されるまま、初めて朝日の部屋に行った。

今日は家に家族がいないと言われた瞬間、恋愛経験が乏しい中学生だった私でも、朝日が何を考えているのかはなんとなく予想できた。それでも、自分から離れようとしたくせに未練たらたらだった私は、朝日の手を振りほどくことができなかった。

無言で私の手を引く朝日の背中を見つめながら、自分勝手極まりない私は、告白を受け入れたときの自分がいかに甘かったのか思い知らされていた。

期間限定だと心に決めていれば、すんなり諦めがついてちゃんと別れられると思っていた。付き合っているうちにあんなに好きになるなんて、好きになればなるほど〝離れる〟という現実がつらくなるなんて、思ってもみなかった。

激しい後悔の念に苛まれながら悪あがきをしてしまったのは、私の中学生活も捨てたもんじゃなかったと思えるように、朝日との恋を記憶に強く刻めるように、最後に輝かしい思い出が欲しかったからだ。

そして、朝日の記憶にも強く残りたいと、私と過ごした日々を忘れないでほしいと、思ってしまったのだ。

——あれさ。告ったときの、なんか気になったってやつ。弥夜たぶん勘違いしてるけど、同じクラスになってからじゃないよ。

ベッドの上で向かい合った朝日は、まっすぐな眼差しでそう言った。

——俺は中学三年間ずっと、弥夜が好きだった。

土壇場で芽生えていた私の怖さや迷いなど、その言葉だけであっさり晴れた。

私たちは一度だけ、今となっては笑えるくらいに拙(つたな)いセックスをした。

＊

同窓会がスタートしたのは夕方だったから、三次会が終わってもまだ夜は更けていなかった。

「一華、送ってく」

ひとり駅へ向かおうとしていた一華を呼び止めたのは穂高だった。「ありがとう」と微笑んだ一華は、アルコールの力も相まってか、同性の私から見ても妙に色っぽい。今日は旦那のもとへ帰るだろう――という私の予想は外れるかもしれない。そんな予感を抱きながら、一華と穂高の背中を見送った。

その場に残ったのは私と朝日だけ。

たぶん、偶然ではなかった。

「弥夜ってさ。……まだ時間大丈夫?」

「大丈夫だけど」

「じゃあ、もうちょっと……一緒にいない?」

私は決して経験豊富じゃない。だけど、一応、それなりに、二十五歳の腹黒い女らしく生臭い経験もある。

朝日がどういう意図で私にあんなメッセージを送ってきたのか、今の台詞を私に向けたのかを汲み取れるくらいの経験は、あるのだ。

「うん。いいよ」

とりあえず静かそうなバーでも探そうという話になり、私たちは寒空の下を並んで歩いた。

声を出すたびにお互いの白い息が宙で交わり、ふっと消えていく。それを何度も繰り返しながら、私たちは何軒かのバーを通り過ぎていた。

「朝日は帰らなくていいの？　奥さん大丈夫？」

「それこのタイミングで訊く？」

どのタイミング？　――と聞き返すのは、あまりにも野暮だろう。

「嫁は全然大丈夫。向こうも向こうで自由にやってるし。……弥夜は？　彼氏いんの？」

もしも私に彼氏がいたら、やっぱり帰ろうと言われるだろうか？

「彼氏はいないよ」

「なんだよそれ、意味深」

朝日が曖昧な笑みを浮かべる。たぶん、普段からそういうことをしている女だと解釈したのだろう。

初恋から初体験まですべてを捧げた女が歳相応に遊んでいると知って複雑なのか。あるいは、そうだったら気楽にヤれると思ったのか。それとも両方か。

だとしたら私も同じだ。ただし、わずかに安堵が上回っていた。

ただひたすらにキラキラしていた少年も、十年の時を経てただの男になったのだと。

「俺さ、ずっと、いつか弥夜に会ったら訊こうと思ってた」

「何を?」

「俺らって、なんで別れたの?」

私が返答に窮しているうちに、右手の自由を奪われた。

誘われた瞬間から想定していた。このあとの流れが確定した。

「今でも全然わかんないんだよ。正直あのときのこと思い出すたびにちょっとイラつく。弥夜にも、自分にも。あのとき、ちゃんと理由問いただせばよかったって。——もっと引き留めればよかったって」

それなりに生臭い経験をしてきた男女の間に、もはや駆け引きなど必要ない。雰囲気作りと最低限の必要事項の確認さえすれば、あとは自然の流れに身を任せるだけだ。一度でも体を重ねた相手ならなおのこと。私たちが店に入らずぶらぶらしていたのは、単に決定的なきっかけを掴めずにいただけだ。

どちらからともなく足を止める。静かに朝日を見上げる、朝日も、静かに私を見つめていた。

朝日がふっと微笑んだのを合図に、私たちはまた歩き出した。

行き先は、静かなバーではない。

二時間ぶりに寒空の下へ戻ってきた私たちは、同時に肩を震わせた。

深夜に突入した真冬の夜は、風が吹いただけで体感温度が氷点下になる。

早々にホテル街を抜けると、喧騒に包まれた。どこか朦朧としていた意識が、強制的に現実へと引き戻される。往生際が悪い私——あるいは、私たち——は、まるでそれを拒むようにゆっくりと歩いた。

夢から醒めるのには、なかなか勇気がいる。

「弥夜ってさ。また帰ってくるよな?」

「うん、たまには」

「じゃあさ——」

私たちの横を通り過ぎた泥酔している集団が、朝日の声をかき消した。

「……いや、なんでもない。帰ろっか。タクシー拾うよな。駅まで送ってく」

「いいよ。そこらへんで適当に拾うから」

ここで別れようと暗に告げると、朝日が何か言いたげに視線を泳がせた。

「……そっか。じゃあ」

また、とも、バイバイ、とも言わずに、朝日は私から離れていった。

その背中を見送りながら、今日は歩いて帰ることに決める。頭を冷やすには寒すぎるが、過ちを犯した夜にはこれくらいがちょうどいいかもしれない。

虚空を見上げて、現実から遠ざかれたほんの二時間に思いを馳せる。

十年前の拙いセックスの名残は微塵もなかった。

戸惑って手間取っていた朝日も私も、どこにもいなかった。

私はひどく落胆していた。正直に言えばショックだった。

あんなに大好きだったのに。朝日との再会を夢見て同窓会に参加したのに。十年ぶりに朝日の姿を見た瞬間は、確かに胸が高鳴ったのに。

やっとふたりきりになれたときも、誘われたときも、ホテルに入ったときも、肌を重ね合わせているときも。

驚くほど、何も感じなかった。

朝日の中でも、既婚者であることを知っていてもなお平気でヤらせてくれる女に成り下がったことだろう。そうであってほしいと願っている自分すらいる。だって今の私の中には、朝日はもういなかったのだから。残っていたのは淡い青春の残滓だけだった。

私の頭を支配していたのは、ずっとあいつだけだった。

ふう、と息をついてバッグを漁る。同窓会が始まってからずっと電源を切っていたスマホを取り出して電源を入れた。するとＬＩＮＥの通知がけたたましく鳴り、画面に次々とポップアップが表示された。

【ほんとごめん】

【どこにいんの？】

【とりあえず連絡して。心配だから】

【不在着信】

【不在着信】

【もしかして電源切ってる？】

【不在着信】

【大丈夫？】

【生きてる？】

【明日になっても既読つかなかったら捜索願出す】

ただの家出でそこまでされると厄介だし警察に嘲笑されそうなので、既読をつけて【生きてるから】とだけ返した。いつも私のメッセージなんか平気で放置するくせに、秒で既読がついたことに乾いた笑いがこぼれる。

返事が来る前に再び電源を切ってバッグに放り込むと、奥底に沈んでいた硬いものが指先に当たった。

忌まわしいそれをつまんで取り出した。

――いや、だってさ。俺らって、もうそういうんじゃなくない？　もう五年も一緒にいるし、男と女って感じじゃないっていうか……なんかほら、家族じゃん。そう、家族。弥夜のことは大事だし、ずっと一緒にいたいと思ってるよ。その気持ちは今でも変わらない。

以上が、入籍後三か月にして偶然再会した元カノと一発かましやがったあいつ――クソ旦那の長ったらしくて意味不明な言い訳だった。

あの瞬間はいっそ東京湾に沈めてやろうかと本気で考えたものだが、こういうときでも勢いに任せて感情をぶつけられないのが私だ。むしろ妙に納得してしまっている自分さえいた。

思い返せば、頭の片隅ではそんなに誠実な男ではないとわかっていたはずなのだ。私とだって、最初は酔った勢いで一夜を過ごしただけ。お互い恋人がいなかったからなんとなく付き合い始めただけ。

まさか結婚するなんて夢にも思っていなかったし、あれから五年でこんなにも――浮気をされても別れられないくらい好きになっていたとは自分でも驚きだった。

やっぱりこうなるよなあと諦めに似た感情を抱きながらも、決して平気なわけではなかった。あいつの意味不明な言い訳を聞き流すことしかできなかったのは、ショックのあまり頭が真っ白になってしまったからだ。もっとも、自分がこれほどまでにショックを受けていると気づいたのはあとになってからだけれど。

数日かけて少しずつ冷静さを取り戻し、まずは現実を受け止めた。そして今後について考えたとき、選択肢は〝別れる〟以外になかった。許せるはずがない。このまま何事もなかったみたいに結婚生活を送れるはずがない。今までの私たちには戻れない。だったら別れる他ないのだ。

だけど決意してから一週間が経っても、二週間が経っても、別れを切り出すことはできなかった。

記憶の奥底に沈んでいた思い出が、一気に溢れ出してしまったからだ。

付き合い始めたのはほとんどノリだったけれど、いざ付き合い始めたら大切にしてくれたこと。意外とマメな性格で、誕生日や記念日やイベントは一緒にいてくれたし、ささやかながらもプレゼントをくれたこと。大して得意でもない私の料理を、おいしいと言って必ず完食してくれたこと。私が風邪を引いたとき、徹夜で看病してくれたこと。――柄にもなく綿密に計画を立てて、顔を真っ赤にしながらサプライズでプロポーズをしてくれたこと。

時間が経てば経つほど、どうすればいいのか、どうするべきなのか、どんどんわからなくなっていった。

そして、浮気発覚から二か月が過ぎてもなお悶々としながら眠れぬ夜を過ごしていたあの夜、朝日からＤＭが送られてきたのだった。

――今日参加したのだって、憂さ晴らしっていうか羽目外してやろうっていうか、なんなら私だって浮気し返してやろうかなって思ったんだよね。

私の心境を綺麗さっぱり代弁してくれた一華は、今頃どうしているだろう？

当初の予想通り旦那のもとへ帰っただろうか。それとも――。

未来のことなどわからない。だけど、少なくとも今は別れる勇気も度胸もない。あんなに大好きだった人と再会しても、結婚していることを知っても、抱かれても、一切心が揺れないくらいにあいつのことが好きなのだと痛感してしまったのだから。

かといって、私にはただで許すほどの器はなかった。

だって私は、何があっても清さや正しさを貫けるほど強くも逞しくもないのだ。

――だから。

「これで、おあいこだね」

虚空に呟いて、同窓会スタートと同時に外していた結婚指輪をはめた。

# わたしのことを好きにならない
# あなたが好きだった

音はつき

恋は、矛と盾でできている。
好きと嫌いは両立するし、幸せと不幸も隣り合わせにある。
愛しているのに、憎らしい。
触れたいのに、逃げ出してしまいたい。
好き。
好きで好きでたまらない。
ずっとずっと一緒にいたい。彼にとっての特別な存在になりたいと願ってる。
それなのにわたしは、彼に愛される自分の姿を想像できずにいる。

大人になったら、恋って上手になるもんだと思ってた。
片思いとか、不器用なやりとりとか、そういうのは勝手に上手くなっていって。
自然と恋人ができるんだろうと思っていたのに。
「それで、佐和(さわ)はどんな人がタイプなんだよ」
わいわい、がやがやと、金曜の夜という解放感がオレンジの提灯の下で揺れる。
オフィス街から少し裏手に入ったところにある飲み屋横丁。小さくて、綺麗とはちょっと言い難いけど、おいしい餃子が出てくるお店の外の席で、同期の村井（むらい）が今日何度目かの質問をする。

「もう、またそれ？　村井、飲みすぎだって」

呆れたわたしが指摘すると、「いんや、レモンサワーなんだから酔うわけがない」と、村井はジョッキの三分の一残っていた薄いイエローのお酒を一気に喉へと流し込んだ。

その理屈、よくわかんないんだけど。

だけどまあ、今日は会社で大きな会議があって、村井はそこで発表をしなきゃいけなくて。社会人一年目の彼が受け持つには、なかなかプレッシャーのかかる内容だったのも事実。

この二か月ほどはその準備にかかりっきりだったから、解放感から飲みすぎてしまう気持ちもわからないではなかった。

それにしても、村井は酔うと典型的な〝酔っ払い〟になるからちょっと面倒くさい。

「佐和のタイプは、一途な人、だよな。俺も覚えたよ」

ウーロンハイを飲み終えたわたしがジョッキを置くと、半分天を仰ぐようにしてうとうとし始めた村井の隣で、平澤（ひらさわ）さんが笑った。

二個上の平澤さんは、もともとは村井の指導係だ。

底抜けに明るくて、ポジティブな平澤さんは、会社でもみんなから好かれている。大学時代はサッカー部のストライカーだったと聞き、こんなにもイメージにぴったりな人がいるんだなと感心したくらい。

会社の飲み会では率先して盛り上げ役を買い、みんなのことを笑わせる。平澤さんがいるだけでその場の雰囲気がぱっと明るくなるんだから、陽のパワーってすごいと思う。

平澤さんと村井がいるのが営業一部で、わたしがいるのは営業二部。

そんな部署の違うわたしが、どうしてここにいるのかって。それは入社してちょっと経った頃。村井から『飲みに行こう！』と誘われてこのお店に向かったら、そこに平澤さんもいたからというだけだ。

そこからなんとなく、こうして三人で仕事終わりに飲むようになった。

「村井、今日は頑張ってたもんなあ」

平澤さんが目を細めて、ついには隣で寝息をたて始めた村井を見やる。

テーブルに突っ伏すわけでもなく――といっても、突っ伏すようなスペースもないんだけど――、上を向いたまま眠るなんて器用なことをする。

「確かに頑張ってましたよね。上手くいってよかったです。今夜はぐっすり眠れるんじゃないかな」

村井は人一倍緊張しやすい性格で、昨日も明け方まで寝つけなかったと言っていた。だけど今回のことが、自信になったんじゃないかと思う。

わたしがそう言うと、平澤さんは今度はわたしにその穏やかな瞳を向ける。

「佐和はさ、優しいよな」

――ああ。嫌だな。

平澤さんにこういう瞳で見られるのは、すごくすごく苦手だ。

どきんどきんと、心臓がうるさく騒いでしまうから。

全然そんな気がないことも、ただ言葉通りに思っているだけってことも、ちゃんとわかっているのに。

目にかからないくらいの黒い髪の毛。シャープな輪郭に、優しい色をたたえた瞳。穏やかな空気を纏いつつも、肩幅や手のコツコツとした骨の感じが男の人ということを証明する。

いつでも自然体の平澤さんには、社内外かかわらず、自然と注目が集まる。

そんな彼のことを、最初はいい先輩だなとしか思ってなかった。

だけどさりげない気遣いだったり、仕事で誰も気づかないようなことを褒めてくれたり、わたしが取引先の男性にしつこく言い寄られていたときにさりげなく助けてくれたり。

そういうことが重なるうちに、頭で理解していることと、素直に心で感じることに、矛盾が生じるようになってしまった。

「優しさはわたしの長所ですからね」

おどけたようにそう言って、ぱっと視線を彼から外す。

意思と離れたところで、理解とは遠いところで、勝手に心臓が高鳴る。

頬が熱く火照（ほて）るのは、お酒のせいだ。そうじゃなきゃ困る。

「すみませーん、ウーロンハイふたつとお冷をください」

空になった平澤さんの分と、舟をこぐ同期の水を頼み、わたしは小さく呼吸を整えた。


「佐和、本当に平気？」

「大丈夫ですって。電車に乗ったら家まですぐですから」

「悪いな、ひとりで帰らせて」

「何言ってるんですか。平澤さんこそ、大丈夫なんですか？」

餃子屋さんが閉店時間を迎えても、村井が目を覚ますことはなかった。

声をかけて揺さぶれば一瞬目をうっすら開けるものの、にゃむにゃむ言いながらまた眠ってしまう有様。

これじゃどうしようもないと判断した平澤さんがタクシーを呼び、村井を後部座席に押し込んだところだった。このまま、平澤さんの自宅まで連れ帰ってくれることになっている。

「平気平気」

「でも、彼女さんとか……」

「別に、毎日来てるわけじゃないから」

「それならよかったです」

笑顔でそう言う平澤さんに、つきんと胸の奥が小さく痛む。それと同時に、今夜この人は恋人と過ごすわけではないんだと胸を撫で下ろす自分もいた。

「それじゃ佐和、気をつけて」

そう言って、眠りこける村井の隣に乗り込む平澤さん。

パタンとドアが閉まり、代わりに窓が開いた。

「村井のこと、よろしくお願いします」

ペコリと頭を下げると、平澤さんは頷いて前を向いた。と、すぐに顔を戻し、こう付け加える。

「心配だから、家着いたら連絡して。起きて待ってる」

わたしの自宅までは、ここから電車で四十分ほど。平澤さんの自宅までは、タクシーで十五分くらいだ。

すでに日付を超えていて、平澤さんだって帰ったらすぐに寝たいはずなのに。

「わかりました。でも、眠かったら寝ててくださいね」

「大丈夫だよ。佐和こそ、気をつけて帰るように」

「もう、小学生じゃないんですから」

「そういう意味じゃないよ。わかるだろ？」

じっと見つめられ、心臓がまたうるさく跳ね上がる。

「わ、わかんないですってば」

だって、勘違いしたくないから。不必要にドキドキしたくないから。

平澤さんは小さくため息をつきながら、右耳の上あたりの髪の毛をくしゃくしゃと混ぜる。

「女の子でしょ、佐和は」

この一言が、言葉以上の意味を持つわけじゃないってわかってる。

それなのに〝女の子〟として扱われていることに、胸の奥がきゅっと締め付けられる。

だけどそれを、表に出すわけにはいかない。

この関係が崩れたら、平澤さんのそばにはいられなくなってしまうから。

「ほらほら、早く行ってください。家に着いたら、ちゃんと連絡しますから」

あえてぶっきらぼうに言うと、平澤さんはふっと笑う。

「わかったよ。それじゃあ、あとでな」

「はい、またあとで」

「本当に気をつけてな」

「もう、わかりましたってば。お疲れさまでした」

しつこいくらいのやりとりも、心地よくて。

ほんの一瞬浮かんだ〝平澤さんの彼女が羨ましい〟という感情を、長い呼吸と共に星の見えない夜空へと飛ばしていく。

ふんわりと鼻先に残るお酒の香りと、平澤さんの柔軟剤の香り。

タクシーのライトが夜の闇へと消えていっても、くすぐったい香りはずっとわたしの胸のあたりでふわふわと漂い続けていた。

◇

片思いなんて、大人はしないと思ってた。

なんでかはわからない。だけど漠然と、こんなつらくて切ない想いを抱くことなんてなくなるんだろうと思っていたのに。

無謀な片思い。

絶対に報われたりしない片思い。

わたしが好きな人には、心から愛する恋人がいる。


わたしたちが働くのは総合商社。上場企業で、大手と呼ばれている。

そうは言っても、社内の雰囲気はわりとフランクで過ごしやすく、風通しのよい職場だ。


「佐和、この間はごめんなぁ〜！」

月曜日。休憩室でコーヒー牛乳を飲んでいると、ばたばたと村井が駆け込んできた。

どうやらわたしがここにいるということを、部内の誰かに聞いたみたいだ。

「わたしは全然いいけど。平澤さんに、ちゃんとお礼言った？」

「うん。お詫びに土曜は、俺が夕飯作った」

「え！　夜まで平澤さんの家にいたの!?」

「あーそうか、佐和も来たかったたか。そこまで気が利かんかったすまん」

「いやいやそういう話じゃなくて！」

図々しくも憎めない性格の村井は、どこでもこんな感じで周りに恵まれて——、いや、甘やかされて過ごしている。

「平澤さんだって予定があったかもしれないよ」

「いやあ、そういう感じでもなかったけど」

平澤さんと彼女は、高校時代からの付き合いだと聞いた。

会ったことはないけれど、一度だけ写真を見せてもらったことがある。

勝ち気なわたしとは正反対の、ふわふわとした雰囲気の可愛らしい女性だった。外資系の会社で秘書をしているらしい。

「週末といえば、デートって決まってるでしょ。平澤さん、あんなに彼女のこと大事にしてるんだから」

そう言ったわたしの顔を、村井がまじまじと見つめる。

「な、何……」

「佐和、そうやって自分で傷に塩塗ったりしてさ。痛くないんかなって」

「別にそんなんじゃ……」

「佐和がいいならいいんだけどさ。まあ、話ならいつでも聞くよ」

「村井が勝手に勘違いしてるだけでしょ」

わたしの言葉に村井は答えず、ポケットからコインを取り出すと自動販売機に滑り込ませた。そうして買ったコーヒー牛乳を、テーブルの上にことりと置く。

「え、もう飲んでるけど」

「平澤さんから。佐和にコーヒー牛乳買ってやって、って言われてんの。佐和がいつも飲んでるでしょ、だってさ」

ほんじゃ、と片手を上げて去っていく村井。

――ずるい。

目の前にいないときでさえ、彼はわたしを見守ってくれているって。そんなことを、勘違いしそうになる。

目の前に置かれたコーヒー牛乳に、わたしはきゅっと唇を噛んだ。

◇

永遠と思っていたことにも、いつか終わりは来る。

カラーン、と金属製の箸がテーブルの上に落ちて我に返った。慌ててそれを拾い上げ、動揺を悟られないようジョッキを傾けた。

いつもと同じ、飲み屋横丁の餃子屋さん。今日もオレンジの提灯は、わたしたちをぼんやりと照らしている。

「一か月前くらいにね。まあ、まだなんか慣れないけどな」

ははっ、と乾いた笑いを吐き出す平澤さん。だけどその表情には、喪失感が浮かんでいる。

そんな彼からわたしは今、恋人と別れたのだと打ち明けられたところだった。

村井は残っている業務があるとかで、あとで合流することになっている。

「村井は、知ってるんですか？」

「あえて言うことでもないと思って、話してはないけど。なんとなく気づいてると思う」

「そうですか……」

最近、平澤さんの様子がちょっとおかしいとは思っていた。いつも通り明るいけれど、時折遠くを見つめている気がした。普段と同じように輪の中心にいるけれど、ふと、孤独を感じているようにも見えた。

だけどまさか、恋人と別れただなんて思ってもいなかった。

いろんな感情が、喉の奥でぐるぐると回り続ける。

傷ついている平澤さんに対しての、切ない気持ち。だけどそれと同時に、もしかしたらチャンスなんじゃないかと思ってしまう浅はかな自分もいる。そんな自分に、ほとほと嫌気がさした。

わたしはもう一度勢いよくジョッキを傾け、半分以上残っていたウーロンハイを一気に流し込んだ。ほろ苦さとアルコールの熱さが喉から胃へと落ちていく。

普段一気飲みなんかしないから、平澤さんはびっくりしているみたいだ。だけどそんなのお構いなしに、わたしはぷはあっと息継ぎをする。

「平澤さん！　飲もう！　飲みましょう！　わたしがなんでもしますから！」

「佐和、ちょっと落ち着けって。そんな、なんでもなんて……」

「そうだ！　平澤さんの好きな芸人さんのモノマネします！　似てるって評判なんですから！」

呆気にとられる平澤さんを前に、渾身のモノマネを披露する。

前に平澤さんが好きだって聞いてから、動画を見漁った甲斐があった。最初はびっくりしていた平澤さんだけど、次第にその表情に笑みが浮かんで、ついには声をあげて笑ってくれた。

それが嬉しくて、嬉しくて。わたしは次々と、モノマネをしていく。

変な顔だって、ふざけた物言いだって、それが女らしくなくたって構わない。

平澤さんが、笑ってくれればそれでいい。

それだけでいい。

「――なんでかな」

ひとしきり笑ったあと、平澤さんが小さくこぼす。

「……え？」

そのまま彼は、どこかしっとりと潤んだ瞳でわたしを見た。

「佐和といると、無理しなくていいのかなって思える」

そう言った平澤さんに、喉の奥できゅっと音がするのがわかった。

——ああ、抱きしめたい。ぎゅうっと力いっぱい、抱きしめてあげたい。

だけど、そんなことはできないから。

「わたしの前で、無理なんかしなくていいじゃないですか」

泣きたくなる気持ちを堪えて、無理やりに笑顔を作る。

平澤さんはそんなわたしを見るといつものように優しく笑って、それからゆっくりと目を伏せる。

その横顔には、悲しみと寂しさと喪失感が滲んでいって。

これまで見たどの平澤さんよりも、切なくて、悲しそうで。それでいて愛おしくて。

そんな顔を見せられたら、高望みしたくなる。

大きくてまっすぐな一途な愛情を持つ彼に想われたら、どんなに幸せだろうかと。

◇

それからわたしたちは、以前よりも一緒に過ごすことが増えた。

今まで通り、村井と三人で飲むこともあれば、平澤さんとわたしのふたりで休日に出かけることもあった。

それでも決して、彼はわたしを好きになったりなんかしなかった。

別れてしまった彼女を想い、切ない苦しみを抱えていた。

ときにはお酒に任せて弱音をこぼすこともあって、そのたびわたしは、彼の深い愛情を思い知った。

苦しくなかったと言えば嘘になる。

好きな人に、好きな人がいる。

その事実はいつだって、胸を深く抉っていく。

それでもそばにいたかった。

ただただ、笑っていてほしかった。

笑わせるのが、ずっとわたしでありたかった。

彼のことが、心の底から愛おしかった。


その日は、冬の気配が近づいているのを感じる肌寒い夜だった。

わたしはコートを羽織ったまま、いつもの餃子屋さんの小さな丸椅子で水餃子を食べていた。正面では、平澤さんがもつ煮込みを追加で頼んでいる。

「村井、上手くいくといいな」

「どうでしょうね、なんといっても相手はまゆちゃんだから」

今日、村井は一世一代の勝負をかけにいっている。

受付担当のまゆちゃんは、社内で噂(うわさ)になるほどの可愛い女の子。村井はずっと彼女に片思いをしていて、今夜ついに告白をすると出陣していったのだ。

「俺は、佐和もいいと思うけどなあ」

熱燗のお猪口をひとつこちらに手渡し、とっくりを傾ける平澤さん。

ドキリとしながらも「まあ、わたしいい女ですもんね！」といつものように冗談で返す。

「うん。いつも一生懸命で、飾らなくてまっすぐで、いいよね」

「平澤さん、もう酔っぱらってます?」

「はは、そうかも」

きっと、平澤さんは気づいている。わたしの気持ちを、知っている。

普段よりも柔らかな雰囲気にドキドキしながらも、湯気ののぼるお猪口にそっと口をつける。冷えていた喉を、確かな熱が滑り落ちていく。

「今日、彼女の誕生日なんだ」

ごく自然に発された彼の台詞に、体に入り込んだ熱は一気に温度を失う。

平澤さんが彼女と別れてから、一年が経った。

それでもやっぱり、彼は彼女のことを忘れていない。

わかっていた。わかっていたことだけど、どこかでやるせない気持ちが湧き上がる。

いったいわたしはいつまで、この不毛な片思いを続けるんだろう——。

「たった一年で、人生って変わるもんだな」

優しい瞳で、遠くを見つめる平澤さん。

今もなお、彼女の姿を探しているんだ。

「幸せでいてくれればいいな」

彼のひとりごとは、わたしの心に擦り傷を作りながら、この世界のどこかにいる彼女のもとへと飛んでいく。

——好き。好きで好きで、好きで好きで苦しい。

こんなにもひとりの人を、一途に思い続ける彼が、絶対にわたしに振り向いてなんかくれない彼が、どうしようもなく愛おしくて仕方ない。

「佐和が一緒にいてくれてよかった」

ふ、と彼は優しく微笑んでわたしを見た。

そのとき、わたしの口は勝手に動いていた。するりと、躊躇うことも知らずに。

「今夜、平澤さんの家に行ってもいいですか？」って。

「散らかってるけど」と言いながらも招き入れてくれた部屋は、物が少ないシンプルな空間だった。

それでも一歩踏み入れた瞬間から、平澤さんの匂いに全身が包まれて心臓が騒ぎっぱなしだ。

大胆なことをしてしまったと思う。だけど、終わらせるなら今夜しかないと思った。

彼女の誕生日ということで、彼も感傷的になっているはず。いつもより、お酒を飲む量も多かった。上機嫌に見えるのは、不安定の裏返しだろう。

そんな夜に、ひとりにしたくなかった。

それと同時に、この不毛な片思いに決着をつけたかった。

想いなんて、なくていい。

これまで避けてきた一線を飛び越えれば、一緒に朝を迎えれば、いっそのこと諦めもつく。

「佐和が着ると、だいぶでかいな」

シャワーを浴びて、平澤さんが用意してくれた部屋着を纏うと、彼は目尻を下げて笑った。

Tシャツの袖の匂いを、すん、と鼻先で吸い込む。

——平澤さんの匂いだ。

ぎゅうっと胸の奥が苦しくなって、無性に泣きたくなる。

これで本当に、終わっちゃうんだ。

終わらせたくない、もっと一緒にいたい。この人の笑顔を見ていたい。

それでも、もう終わりにした方がいい。

正反対のふたつの気持ちが、わたしの心を引き裂いていく。

ぱちりと電気が消され、薄暗い中、平澤さんがわたしの手をそっと取る。そのまま導かれるように、ふかふかのベッドの中に潜り込んだ。

「ごめん、寒い?」

「ううん、大丈夫です」

「佐和の足先、すごい冷えてる」

「すみません、冷え性で」

「いいよ、俺の足にくっつけてな」

「平澤さんの足、あったかい」

「うん、いつも高体温だから」

「子どもみたい」

「はは、そうかも」

シングルベッドの中で、わたしたちは横になって向かい合う。

どきん、どきんと、心臓の音がふたりの距離を埋めていく。

言葉が途切れ、あと一センチで鼻と鼻が触れ合う距離。

——好き。本当に、平澤さんのことが好き。

涙が込み上げて、堪えるようにきゅっと唇を結ぶ。

すると、平澤さんの手が、そっとわたしの頭を撫でた。

「佐和は俺にとって、薬みたいな存在だったよ」

「え……？」

「大事に思ってるよ、佐和のこと」

彼は静かに体を起こすと、わたしの額にそっと熱を落とした。

そのまま優しい瞳でわたしを見つめ、ただただ頭を撫で続ける。

——想いなんていらないから。ただ利用されるだけでいいから。それで終わりにしたいって。覚悟してここまで来たのに。

滲んだ涙は膜を張って、やがてするりと滑り落ちる。

——きっと今夜、彼がわたしにこれ以上触れることはない。お酒の勢いに任せて、過去の寂しさを紛らわすために、わたしを抱き寄せることはしない。

言葉通り、大事にしたいと思ってくれているからこそ、今夜はただ隣にいるだけで。

わたしの好きな人はどこまでも優しくて、誠実で。

それでいて、残酷だ。

「おやすみ、佐和」

慈しみに溢れる彼の声に、わたしはそっと瞳を閉じた。

◇

「いらっしゃーせー」

ドアを押し開けると、ちりりんと安っぽい鈴の音が響いた。

午前五時ちょっと前の、牛丼チェーン店。

外はまだ薄暗いけれど、店内は煌々(こうこう)とした明かりで照らされている。

「この時間は、朝定がおすすめでーっす」

こんな時間だからか、お客さんは誰もいない。店員さんの言葉に促されるまま、朝定食の食券を買ってカウンター席に座った。

誰もいない早朝だからかもしれない。あっという間に焼鮭の朝定食が運ばれてきて、店員さんは奥へと引っ込んでしまった。

出されたお水を口に含み、そっと自分の右手を見る。

この右手はほんの三十分前まで、愛おしい人にしっかりと握られていた。

「……わたしのことなんて、好きになったりしないと思ってたのに」

ぽそりと本音がこぼれ落ちる。

平澤さんは、朝までわたしの隣で眠っていただけだった。わたしが眠りにつくまで優しく頭を撫で、愛おしむような瞳で見つめ、ただそばにいてくれた。

目が覚めたときには、彼の手はしっかりとわたしの指先を握っていた。熱い体温が、まだ指先に残っている。

眠ったままの彼を起こさないようにベッドを抜け出し、着替えて部屋を出てきた。

【今までありがとうございました】と書いた、メモを残して。

――なんで気づかなかったんだろう。

きっと彼はもうすでに、過去ときちんと決別をしていたんだ。

大好きだった彼女の幸せを、心から願えるくらいに。

部屋には、彼女の私物がひとつも残っていなかった。それは、彼の中ですべてを終わらせることができていたから。

そうして、わたしと向き合おうとしてくれていた。わたしを、大事にしたいと思ってくれていた。

「なんで……、なんで握り返せなかったのかな……」

あの手を離さなければ、彼はきっと、わたしのことを愛してくれた。ずっとずっと欲しかった彼からの愛情を、ひとりじめすることができたはず。

それなのに、どうしてもあの手を握り返せなかった。

割りばしを割り、お味噌汁を一口ずずっと飲む。こんなに胸が苦しいのに、空腹になる自分が滑稽だった。

「おいし……」

しん、と冷え切った体の中心に、温かい出汁が染みわたっていく。

好きだった。大好きだった。平澤さんが、心から好きだった。

——はずなのに。

わたしは、気づいてしまったんだ。彼の気持ちが自分に向いているとわかった瞬間、この人はもう、わたしが好きだった彼ではないのだということに。

平澤さんは、変わってしまった。

いや、変わったのはわたしの気持ちか。

「なんで、なんだろう……」

その呟きは、ぽたんとお盆の上に落ちていく。

本当に、本当に好きだったの。それは嘘じゃなくて真実だった。

平澤さんの優しさや、まっすぐさや、おちゃめなところや、素直なところが好きだった。

ふと、『佐和のタイプは、一途な人、だよな』と言った平澤さんの声がリフレインする。

——ああ、そうか。

わたしは、恋人だったあの女性を一途に想い続けている平澤さんが、愛おしくてたまらなかったんだ。わたしじゃない誰かを、まっすぐに、ひたむきに、大切にしている彼が。

その事実がすとんと胸の中心に落ちてくると、空調の音も、奥で店員さんが作業をする音も、店内のやたらと陽気なＢＧＭも、すべてが音を失った。

「最低だな……わたし……」

あんなに大好きだったのに、彼の気持ちが自分に向けられていると気づいた瞬間、恋心は消えてしまった。

妙に冷静な自分と、そんな自分を『ありえない』と軽蔑するわたしがいる。

目が覚めて、わたしの不在を知った平澤さんはどんな顔をするんだろう。

机の上のメモを見て、どんなことを思うんだろう。

悲しむのだろうか。どうしてと、怒るだろうか。

いっそのこと、わたしのことなんて嫌いになってくれればいい。
散々ずっとそばにいて、一方的に想いを寄せて、こちらを向かれたら離れていって。
こんな自分勝手な人間が、優しくて温かな彼に愛されていいはずがない。
こんなわたしと一緒にいても、彼が幸せになれるわけがない。
いいや、そんなの言い訳だ。
わたしはもう、彼のことを心から愛おしいと思えなくなってしまったんだ。
恋に落ちるのは、一瞬だと誰かが言った。
だけどわたしは、こうも思う。
恋が終わるのも、一瞬なんだと。

恋は、矛と盾でできている。
好きと嫌いは両立するし、幸せと不幸も隣り合わせにある。
愛しているのに、憎らしい。
触れたいのに、逃げ出してしまいたい。
好き。
好きで好きでたまらない。
ずっとずっと一緒にいたい。彼にとっての特別な存在になりたいと願ってる。

それは嘘じゃないはずなのに。
——わたしは、わたしを決して好きにならない彼のことが好きだった。

# きらきら、ばらばら

青山永子

——映画の半券に眠る恋がひとつ、私にはある。

◇

一週間の中でいちばん好きなのは、休日前夜。

私の場合は、金曜日の夜だ。


残業は意地でもしない。定時で会社を出たあと、快速列車に小一時間ほど揺られ、町の外れにある小劇場、『波止場キネマ』へと向かう。

ものすごく疲れているはずなのに、波止場キネマに近づけば近づくほど、スキップしたくなるくらいに身体は軽くなっていく。

駅から十五分ほど歩いたところでたどり着いて、入り口の自動ドアをくぐる。

劇場に、先客はいなかった。

肩につかないくらいの短い髪を手ぐしで整えて、首元にうっすらとかいた汗をハンカチで拭う。それから、上映作品と上映時間が表示されたモニターを見上げた。

波止場キネマは、商業施設に入っている人気の映画ばかりを上映する映画館とは違って、マイナーな作品や過去の名作の上映などもしてくれる素晴らしい小劇場だ。

それなのに、いつも客は少なくて、金曜日の夜だってがらがらだ。でも、だからこそ、私は彼と親しくなれた。

今夜はどれにしようか。

いくつかの作品情報を見比べて考える。

しばらくすると、背後で自動ドアが開く音がした。振り返ると、見慣れたスーツの男の人の姿があった。

同じタイミングで目が合って、違うリズムでそれぞれ頭を下げる。もう何度も同じやりとりをしているのに、いつも新鮮で、胸がくすぐったくて、私はやっぱり、スキップしたくなる。

たった今入ってきたそのひとは、日中しっかりと働いてきたあとだろうに、疲労など一切感じさせない柔和な微笑みをたたえて、私のすぐ隣まで来て、モニターを見上げた。

「葉野(はの)さん、お疲れさまです。今日は、俺の方が先に着くと思ったんだけどな」

「ふふ、八木(やぎ)さんも、お仕事、お疲れさまです。私もさっき来たばかりですよ」

「気になる作品、ありました？」

「うーん、今夜はラブコメディが見たい気分ですね。八木さんは？」

「奇遇だ。俺もです」

「本当ですか?」

「はは。ほんとはね、ホラーがいいかなって、ここに向かっている間は思ってましたけど。ポスター見る限り、こっちの方が面白そうだし、今夜はこれにしましょう」

そう言って彼はラブコメディの作品を指さして、モニターから私に視線をずらした。

私は、自分よりも頭ふたつ分ほど背の高い彼の目尻のしわをじっと見つめながら、優しいひとだなあ、と感服する。


八木さん——彼は、私よりふたつ年上で、映画好きのスマートな男のひとである。

私が知っている彼についての情報はそれくらいで、あとはほとんど何も知らない。

勤務先も、下の名前も、家族構成も、いちばん大切な思い出も。

私たちの関係は、金曜日のレイトショー仲間、と呼ぶのがいちばんしっくりくるかもしれない。

私が、仕事を終えた金曜日の夜に波止場キネマに通い出したのはちょうど三年前で、八木さんの姿を見かけるようになったのはそれから数か月ほどあとだった。

初めは、毎週金曜日の夜、がらがらの劇場でよく同じ作品を鑑賞する男のひと、という認識しかなかったけれど、それがあまりにも続いたものだから、彼自身にも興味が湧いて、一年ほど前のとある夜、映画が終わったあとで思い切って声をかけた。

『俺も、ずっと話してみたかったです。でも、急に声をかけて怖がらせたくはなかったから。あなたから話しかけてくれて、すごく嬉しい』

きっとぎこちなさでいっぱいだっただろう私に対して、初めて口を開いたときの彼も、今と変わらない柔和な微笑みを浮かべていた。

彼も私と同じようなことを思っていたらしく、映画好きの私たちはすぐに打ち解けて、いつの間にか、どちらかが提案するでもなく、同じ作品を並んで鑑賞するようになった。


「葉野さん、ときには、ポップコーンとかどうですか」

「私、歯につまると気になって、映画に集中できなくなるんです」

「あ、それ前も聞いた気がするな。俺は今日は食べたい気分なので、ちょっと買ってきます。ちゃんと静かに食べるから、隣で不安になんないでね」

「ふふ、わかってます」

今の私の生活において、金曜日の夜のひとときは、そう。たとえるならば、月曜日から金曜日まで日中みっちり働くことで、ログインスタンプを五つ貯めて、波止場キネマでのレイトショー、八木さんという存在、そのふたつをログインボーナスとしてもらっているようなものだ。

上映中、八木さんはときどき、身を乗り出してスクリーンに釘付けになる。私はそれを視界の端っこでとらえるたびに、年上なのに可愛いひとだなあ、と笑ってしまいそうになる。

どの映画もひとりで観ていたときから私を惹きつけていたけれど、八木さんと一緒に観るようになってからは、より満足できる映画が増えた。

誰と、どこで、どういうタイミングで観るかによって感じることが変わる。映画とは、そういうものだから。


この夜に選んだラブコメディは、思いのほかしっとりしていて、少し切ないものだった。

エンドロールを見届けて、明るくなった空間で八木さんの方に目をやる。

八木さんは、映画の途中で身を乗り出すことはあっても、エンドロールのあとに目立った喜怒哀楽を私に見せることは、今までほとんどなかった。だけど、今日の彼はなぜか、もう何も映ってはいない灰色のスクリーンをじっと眺めたまま、悲しげな表情を浮かべている。

余韻に浸っているだけならよいのだけど、違和感を覚えて咄嗟に「八木さん」と呼んでしまう。彼は、私の声にハッとしたように瞬きをしてこちらに顔を向けた。

「大丈夫ですか?」

「ん、悪い。平気です。出ましょうか」

八木さんが立ち上がると、彼のスーツの太もものところにあったポップコーンが、ぽとり、と床に落ちた。八木さんはすぐにそれを拾って、空の容器に戻す。

それから、ふたりで顔を見合わせてくすりと笑い合って、シアタールームの出口へと向かった。

ゆっくりと階段を下りながら、映画の感想をこぼし合う。

八木さんの着眼点はいつも鋭くて、私は、あなたが作品のために選ぶ言葉の数々がとても好ましいのだと、レイトショー仲間としていつか八木さんに言えたらいいな、と思う。


朝、確認した天気予報では降水確率は0%のはずだったけれど、映画を観ている間に空は予報を裏切ることにしたようで、波止場キネマの外はしとしとと夜雨が降っていた。

ちょうど屋根のあるところで八木さんとふたり突っ立って、暗い空を仰ぎ見る。

「雨、降ってますね。天気予報の嘘つきです」

「ね。だけど俺は、折り畳み傘持ってるんで、天気予報に嘘つかれても平気なんです」

「でも、私だって、『雨に唄えば』を頭に浮かべれば、傘がなくても無敵になれちゃいます」

「はは。確かに、それは無敵になれちゃうな」

「八木さん、先に行ってもらって大丈夫ですよ。私は、ちょっと雨が落ち着いたら駅に向かいます」

いつも、八木さんとは波止場キネマの前で解散する。また次の金曜日に、と口にしたり、しなかったりして、手を振り合う。

いつも、少し寂しくて、物足りない。その名残惜しさを感じるところまでが、私の金曜日の夜のひとときの範囲だった。

今日もそれは、変わらないはずだった。


「葉野さん」

「どうしました？」

「あなたさえよければ、なんだけど。今日、ちょっとふたりで歩きませんか」

思いがけない提案に驚いて、八木さんの方に顔を向ける。彼の瞳は、薄暗い夜の色に湿っていて、ありえないのに、なぜか淡い星の光があるように見えた。

それに目を奪われて、あ、と思ったときには、わずかに自分の心臓の位置がずれたような、決して不快ではない甘酸っぱい違和感が迫ってくる。

気がつけば、私は、ゆっくりと頷いていた。八木さんは、ホッとしたような表情で、よかった、と呟いた。

「あ、でも、私、傘を持ってないです」

「一本の傘、という概念はね、ときにふたりで入るためだけに存在しているから大丈夫ですよ、葉野さん」

「相合傘ということでしたら、実は、人生で一度もしたことがなくて」

「そうですか」

「だから、下手だと思いますけど、いいんですか」

「はは。大歓迎です」

八木さんはいつもより少し雑に笑って、鞄から折り畳み傘を出した。

私の心臓は、その彼の雑さによってまた位置をずらして、むずがゆい摩擦を引き起こす。

でも、それだけではなく、どうしてか、漠然と切なかった。猫が死期を悟り、飼い主のもとを離れるのと同じような切なさがあった。

先に夜雨の世界に足を踏み出したのは、八木さんだった。

彼の折り畳み傘はイメージしていたよりも小さくて、大人ふたりが一緒に入るには窮屈すぎた。

傘に雨粒がぶつかる音がやけに大きく聞こえる。自分と八木さんの腕が触れたり離れたりする。今まで知らなかった、彼の清潔な体臭を、うっすらと知る。

スキップしたい、以上の気持ちが生まれていて、私は困っている、ふりを自分にしてみせようと思ったけれど、やめた。


「葉野さん、濡れてませんか」

「ちょっと、濡れてます」

「俺が思ってたより、この傘、小さかったです」

「これは、ひとり用ですね」

肩口に雨があたって、服が湿っていく。きっと、八木さんも私と同じように、片方の肩だけを濡らしているだろう。

「そうとなれば、ちょっとゲームでもするか」

「ゲーム?」

突拍子もない八木さんの言葉に、思わず首を傾げる。すると、彼は、私の顔を覗き込むようにして、に、と笑った。

柔和な微笑みではない、初めて見た彼の子どもっぽい無邪気な笑顔に私は、このひとにも子どもだったときがあるのだ、と当たり前のことを突き付けられて、胸がきゅっとなった。八木さんの人生の奥行のようなものを、初めて感じる。

私は、金曜日の夜の、今の八木さんしか知らない。でも確かに、私の知らないところで、彼は子どもから大人になった過去があるのだ。

「あの電柱まで、じゃんけんで勝った人がこの傘をひとりじめできます。で、電柱まで行ったら、またじゃんけんをして勝った人が指定した場所まで傘をひとりじめできます」

「ふふ、下手したら私も八木さんもすごーく濡れますね。でも、楽しそうです」

「する?」

「……します」

初めにじゃんけんに勝ったのは、私だった。

八木さんから傘を奪ってひとりで濡れずに電柱まで歩いているだけなのに、可笑しくって、笑いが止まらなかった。八木さんも夜雨に打たれて濡れながら、けらけらと笑っていた。

次は、八木さんが勝って、かなり離れたところにあるビルを指定されて、私はちょっと怒ったふりをしてみせたけれど、結局、吹き出してしまった。

まともに歩けば駅までは十五分ほどでたどり着くのに、くねくねと道を曲がり、何度も同じ道を行ったり来たりしながら、私と八木さんは傘の奪い合いを楽しんだ。

ひとしきり濡れて、学生に戻ったみたいに笑い合って満足したあと、私と八木さんは互いに、傘をひとりじめする距離を短くしていって、しまいには元通り。窮屈な一本の傘にまたふたりで入った。

雨の匂いが傘の中に立ち込めている。

私は、八木さんを見上げた。八木さんは、数秒間、じっと私を瞳に映したままでいた。それがこの世でいちばん小さなスクリーンのように思え、彼の瞳に映る私は今、どのような物語を生きているのか気になった。

やがて八木さんは私から視線を逸らして、駅とは別の方角に向かって歩き出した。

私は、どこに向かっているんですか、とは尋ねず、黙ったまま、彼の隣を歩いた。

もうどこにもたどり着かずに、このまま永遠にふたりで同じ傘に入って歩き続けてもいいなんて、バカなことすら考えていた。

ずっと、私たちは、映画について語り合うだけのレイトショー仲間だった。それを今日、先に飛び越えたのは彼だけれど、追随したのは私だった。

気がつけば、今まで一度も足を踏み入れたことのない落ち着いた住宅街を、八木さんに導かれるようにして進んでいる。

しばらく歩いたところで、彼は足を止めた。私も立ち止まる。ちょうど、三階建てのモダンなアパートの前だった。

彼を見上げると、狭い傘の中で艶やかな瞳に捕まる。

「八木さん」

「ん」

「いや、なんでもないです」

「なんだそれ。なんでもないってことはないでしょう」

「呼んでみただけです」

なんでもないってことは、確かに、ない。でも何を言えばいいのかわからなかった。

ただ、八木さんの艶やかな瞳から、私は逃れたくはなくて、八木さんも、きっと、私に捕まったままでいてほしい。それだけは、確かだと思った。

「葉野さん」

「なんでしょうか」

八木さんは、私のように、呼んでみただけだとは言わないで、しばしの逡巡のあと、俺はね、と言葉を続けた。

「あなたが思いっきり笑うのをさっき初めて見て、そういうあなたを見ることができてよかったって思いました」

そう言い終えてから、八木さんは、傘を持つ私の手に自分の手をそっと重ねた。雨に濡れているのに、ほんのりと熱くて、自分とは違うその大きさに、心臓が震える。

先週の金曜日までは恋ではなかった。

だけど、今、私が八木さんに対して抱えている感情は、はっきりと恋だった。

「八木さん」

「また呼んでみただけ？」

「ちがい、ます」

「じゃあ、なんですか」

どこかすがるような八木さんの声音に戸惑いながら、私は瞬く。私はね、と返した自分の声は微かに震えていて、それを悟られないように言葉を重ねた。

「八木さんはどういうふうに大人になったんだろうって考えました。それは知りようがないから。八木さんが口で説明してくれたとしても、触れようがないものだから。悔しいなあって、さっき、傘を取り合いながら、八木さんが子どもみたいに笑ったのを見て、初めて思ってしまいました」

「そうですか」

八木さんが、ゆっくりと頷く。ありふれた相槌だった。だけど、私は、自分が差し出した言葉を、彼がとても丁寧に受け取ろうとしてくれているように感じて、その真摯さにホッとしながら、さらに続ける。

「レイトショーを一緒に楽しんで、感想を言い合って、キネマの前で手を振って別れるだけでずっと十分だったのに、それ以外の八木さんがいるんだという当たり前のことに気づいてしまったから、あと、もう少しだけ、あなたのことが知りたいって、今、思ってます」

狭い傘の中で向かい合う。

八木さんは、灰色のスクリーンを眺めていたときのような悲しげな表情で、薄い微笑みを浮かべた。

「葉野さん、ここがどこか、聞かないんですか？」

「八木さんが聞いてほしいなら、聞きます」

「それ、ずるいな。……俺の暮らしてるアパートの前です」

「……そんな、気がしてました」

「葉野さん」

「なんですか」

私に触れている八木さんの手に力がこもる。それを熱として直に感じながら、私は彼を見つめた。

「俺の部屋。来る?」

しばらく、夜雨の音だけが響く。

試されているだけだったら、私は少し迷ったふりをしてから、頷いたかもしれない。

だけど、八木さんのしっとりとした瞳は、熱っぽくて、それと同じくらい、寂しそうで、暇つぶしに試されているわけではないのだろうと思った。

だから、私は、ゆっくりと、首を横に振った。

八木さんから、微笑みがすーっと消えていく。彼は、眉間に微かにしわを寄せて長く息を吐いた。それは、何かを諦めるための仕草のようにも思えた。その悩ましげな表情が美しくて、私はこんなときなのに、好きだと思ってしまった男に見惚れてしまう。

どこまでも、すべて、知らない八木さんだった。私は、知らない彼を、一夜にして一気に知りすぎている。それは、私の中で眩しく苦しい情報として雨のように流れていき、留まろうとはしなかった。

「今日は、やめておきます。でも、キスくらいなら。……ほら、ここでしたら、ちょっと素敵な映画みたいじゃないですか」

「どうして、部屋には来ないくせに、キスはしてもいいって言うの」

「八木さんの知らないところで、八木さんとは違うふうに、私は大人になったからです」

言い切って、八木さんを慎重に見つめた。八木さんは、何も言わずに、私をじっと見つめ返した。

私と八木さんのためだけの沈黙が、雨降る夜に溶けていく。

目を閉じてみようかと思った。だけど、そうするよりも先に、彼は、部屋に行くことを断ったときの私と同じように、ゆっくりと、首を横に振った。

あ、と、寂しい音が自分の喉の奥で生まれて、すぐに消える。

私の手から、八木さんの手のひらが離れていく。

間違えたのかもしれない。

そう思ったけれど、彼が口を開いた瞬間に、別に間違えたわけではなかったのだと気づく。

「やっぱり、もっと前に、あなたのこと、いろいろと知りたかったたな。映画以外の話をして、葉野さんと金曜以外の時間も過ごせたらきっと楽しいだろうなと思ったことも、ほんとはたくさんあります。でも、金曜の夜に映画を一緒に観て、ああだこうだと言い合うだけで、十分だった。俺もそれは葉野さんと同じです。それなのに、もう少しだけって思ってしまったのは、今日が、最後だからです」

「……最後？」

夜雨は、いつの間にか強さを増していた。八木さんの傘を、容赦なく雨粒が叩く。

八木さんは浅く頷いた。彼の喉ぼとけが上下に動く。それはなんらかの合図に違いなかった。

「海外支部への転勤が決まったから。今日で葉野さんと会えるのは最後です」

漠然とした切なさの正体がはっきりとする。

すこし遅れて、八木さんに対する私の恋は、まさに私と彼のふたりの時間の終幕にあったからこそ、生まれて煌めいたのだと悟った。そして、自惚れでなければ、八木さんの方もそれは同じだったのだろう。

そうですか、と、私は当たり障りのない返事をした。八木さんは、そうなんです、とまた浅く頷く。それから、今まで歩いてきた道を戻って、今度は本当に駅へと歩き出した。

駅に着くまで、私も八木さんも一言も話さなかった。ただふたり、狭い傘の中で、腕を触れ合わせたまま、歩いた。

永遠なんてものはなくて、八木さんのマンションの前から、駅にはすぐに着いてしまう。

八木さんの傘から、じゃんけんに負けてはいないけれど、ひとりで出た。

駅の屋根のあるところまで行って、彼と向き合う。

最後、という言葉を口の中でなめる。最後、という言葉は終わりで尖るからひりひりする。心臓はゆっくりともとの位置に戻ろうとしている。

今日で葉野さんと会えるのは最後です、最後です、最後です、駅のアナウンスのように繰り返し頭の中で響く。

「八木さん」

でも、それでも、私と八木さんが、波止場キネマでふたりでレイトショーを楽しんで、関係が途切れる間際にとても短い恋をしたという事実がなくなることはない。

最後、というものが奪えるのは未来だけだ。

「出会えてよかったです。今までの金曜日と、今日、ありがとうございました」

「俺も、波止場キネマで葉野さんと出会えてよかった。それで、あなたさえよければだけど、今日のレイトショーの半券、お互いのを交換しませんか。俺のを葉野さんが持っていて、俺は葉野さんのを持ってたいです。そうしたら、思い出せるから」

「それは悔しいですが、賛成です」

「はは、なんで悔しいの」

八木さんは、はい、と自分の半券を私に差し出してくる。私も自分の半券を鞄から取り出して、彼に渡した。

「葉野さんの姿が見えなくなるまで、ここで見送ってもいいですか」

なんてことを聞くのだろう、と私はあまりに切なくなったから、首を横に振った。

「嫌です」

「うん。でも、俺も嫌です。見送るくらいは、させて」

ずっとこれからも、金曜日の夜、波止場キネマで八木さんと一緒に映画を観たいです。知ってもよかったなら、私はあなたのことをもっと知りたかったです。もっと早いうちに、もっとたくさん、知りたかった。

私はあなたが作品のために選ぶ言葉の数々が好きでした。さっき、あなたを好きになりました。好きになりました。好きなんです。

「八木さん、お元気で」

言いたいことをすべて言い切ることだけが、美しいお別れの方法ではない。

「葉野さんも、お元気で」

「おやすみなさい」

「うん、葉野さんも、おやすみなさい」

私は、彼に背を向けて、歩き出す。

最後に目に映した彼は、いつも波止場キネマで見せてくれたような柔和な微笑みを浮かべていた。

もう八木さんと会うことはないのだと思うと寂しくて、寂しくて、でも、どうにかなりそうだ、なんてことは思わない。

快速列車ではなく、いつもは選ばない普通列車に乗り込む。車窓の向こうでは、未だ、雨が降っていた。

エンドロールのひとつひとつの文字を確かめるように、八木さんと観たいくつもの映画を、八木さんがくれた言葉を、八木さんの仕草を、思い出して、思い出して、今夜限りの私と八木さんの恋をなぞる。

それから、八木さんと交換した半券をつまんで、そこにすべてを閉じ込めるべく指先にぎゅっと力を込めた。

◇

「次は、△△前、△△前――」

電車の車内アナウンスが、小説の世界から現実へと私を引き戻した。

栞(しおり)の代わりにしている映画の半券を読みかけのページに挟んで、本を閉じる――前に、印字された文字のほとんどが消えかかったぼろぼろの半券をひと撫でする。

それはもう、懐かしいだけの遠い過去だった。

だけど、ふとしたときに私はその栞代わりの半券を撫でる。癖のようなものである。撫でれば、普段はすっかり忘れているのに、夜雨の音と今よりもうんと若かった私と、スーツの男の笑い声が淡い記憶としてよみがえる。

私が、波止場キネマのある町を去ったのはもう十数年も前で、あれから、新しい恋愛もたくさんした。

だけど、今もなお、私は、波止場キネマでの彼との思い出を、最後の金曜日の夜に彼との間に生まれた恋を、この半券の中に、ひっそりと眠らせたままでいる。

了

# 溺れた恋を蘇生したい

蜃気羊

本当は私だって、
ありきたりな思い出を君と重ねたかった。

君との曖昧な関係を
何度も、明確にしようとしたけど、
私はもう、この恋に溺れている。

もう、すべてが遅いこともわかってるし、
いつも、満たされなくて寂しいんだよ。

だからね、私はいつも、こう思うんだ。
溺れた恋を蘇生したいって。

幼なじみの君とはセフレのままだった。

私は本当の気持ちを未だに隠したままで、私はまだ、本当の自分になれていない。

私と凜久は幼稚園から一緒で、もちろん小学校も一緒だった。

そして、中学校、高校も——。


凜久と初めてした日は十一月のすごく冷えた日で、その日の学校は午前授業だった。

だから私は、凜久を家に誘った。

ちょうどおばあちゃんが家を引き払い、施設に引っ越したから、両親はその家の片付けをしに家を出ていた。


「タッチ全巻、揃えてるとか、橙花どんだけ乙女なんだよ」

凜久はそう言って、カラーボックスから一冊抜き出して、パラパラとめくり始めた。

私は床に座ったまま、凜久の様子を見ていた。タッチが幼なじみの恋の話だなんて、きっと、知らないんだろうなって思って、私は少しだけがっかりした。

「親が全巻、買ってたの私が読むって言って、私の部屋に持ってきたんだ」

「へえ。話、わからないけど、乙女なのは感じる」

「でしょ。――人から愛されることはタッチから教えてもらった」

「――愛されることって、なんだろうな」

凛久はそうポツリと言ったあと、単行本をもとの場所に戻し、再び、私の向かいに座った。


カラーボックスの横にあるベッドはセットされていた。

朝、少しだけ早く起きて、わざとベッドを整えた。

こうしてベッドを見ると、しっかりとセットされていて、私にしては上出来だなって思い、思わず頬が緩んだ。

「何、にやけてるんだよ」

「――なんでだと思う?」

そう言いながら、両手を床につき、身を乗り出して、座っている凛久に思いっきり近づいた。そして、鼻と鼻が当たるくらいの距離でじっと、凛久を見つめた。

凛久は少しだけ驚いたように、奥二重の両目をバッチリと見開いた。

きっと、アニメとか漫画だったら、部屋の隅の天井から撮ったようなアングルで、何コマか使われる気がする。

「――マジ?」

「うん。大真面目だよ」

そう言っている途中で、私は凛久に抱きしめられた。

凛久の両腕の熱を、私は背中で感じている。


そのまま、私の身体は凛久のもとへ行き、唇と唇が触れたあと、お互いに物足りなくなって、すぐに舌を交えた。

最初、私が凛久のことを押し倒そうとしたのに、気がつくと、私の方がフローリングの上に仰向けになっていた。

キスしながら、右手でそっと凛久のブレザーのボタンを外すと、凛久はブレザーを脱ぎ捨てた。

そして、私の首元から制服のリボンを取り、Yシャツのボタンを上からひとつずつ外し始めたから、私は背中を浮かせて、スカートからYシャツの裾を出し、ボタンがすべて外れたあと、Yシャツとキャミソールを脱いだ。

「――どう?」

「いつもの幼なじみじゃない」

「胸、出してるからね」

「いつも出してくれたらいいのに」

「変態じゃん」

けらけら笑いながら、私は凛久のYシャツのボタンを丁寧に外していった。

そして、それを脱がせて、左手でそっと制服のズボン越しにしっかりと硬くなっているのを感じた。


「出したい？」

「まだ入れてもいないのに？」

「ほら、これ。準備したんだよ」

私はベッドへ飛び込み、ベッドサイドに置いていたコンドームを凛久の方に投げると、凛久はしっかりと両手でそれをキャッチした。


「準備いいな」

「親の部屋から拝借した」

「なんか嫌だな。親の顔がちらつくじゃん」

「じゃあ、次から買ってきてね」

凛久の方へ右手を伸ばすと、凛久は私の右手を掴み、ベッドに入った。

☆

本当は先に告白をすればよかったのかもしれない。
あの日から、私の恋は溺れている――。
あの日の私は、どうかしていたと、今でも思う。

結局、大学生になっても、この曖昧な関係を続けている。
私と凛久はそれぞれ函館の違う大学に行った。
凛久は理系の大学に行き、私は文系の大学に行った。

時間が自由になった私たちは一週間に一度、五稜郭で軽く飲んだあと、ホテルに行って、一晩、お互いの気持ちが発散されるまで交わった。
そして、朝になると私にとっていちばん幸せなことは終わり、市電に乗って、またそれぞれの家に帰る。

今日もホテルに泊まっている。

いつもは安いビジネスホテルに泊まっているけど、クリスマスも近いし、温泉行こうかってなって、湯の川の温泉ホテルに泊まることになった。

「クリスマス祝ってくれるんだね」

「メリークリスマス」

凛久はダブルベッドに座り、ローソンで買った缶ハイボールを開け、勝手に飲み始めた。

「フライング。ズルいね」

「橙花も飲めよ。飲んだら気持ちいいよ」

「媚薬みたいに言わないでよ。お酒のこと」

私は小さなローテーブルに置いたままの白いビニール袋から、桃のチューハイを取り出した。そして缶を開けながら、凛久の隣に座り、凛久が持っている缶に強引に自分の缶を当てて、三分の一くらいの量を一気に飲んだ。

弱いアルコールと微炭酸で喉に一気に熱を感じ始めた。

凛久といると私はいつも自然体でいられる。

幼稚園から気心知れているから、お互いのことをもう完全にわかりきっているし、私は幼稚園の頃から、凛久のことがずっと好きだった。

より好きになったのは中学二年生のときで、私がいつものように凛久と話していたら、周りからカップルみたいって言われて、幼なじみだからって返しているうちに、本当に好きになってしまった。

そして、なんでかわからないけど、凛久といると友達といるよりも、居心地がいいし、すごくしっくりきた。だけど、幼なじみの私たちだから、なにかきっかけがないとお互いに、恋愛のスイッチなんて凛久も入らないと、私は思った。

だったら、に身体を許してしまえば、本気になってくれるかもと、直感的に思ったから、先に想いを伝えずに、そうすることにした。

「飲むねぇ。お姉さん」

「ベロベロになって君の理想に近づきたいからね」

「何それ」

「宇多田（うただ）ヒカル知らないの？」

「ベロベロで違う意味になってるだろ。それ」

「じゃあ、いつもはお店で飲んでるからできないけど、こういうことしちゃおうか。きっと、刺激的だよ」

私はチューハイを口に含んだあと、凛久にキスをした。

そして、そのまま桃のチューハイを注射するみたいに含んだ甘いソーダをゆっくり口移ししてあげた。

キスをしながら、凛久はそれを飲み込み、喉が鳴るたびにその低い振動が私の脳天まで伝わった。

そっと、唇を離すと凛久は目を細めてそっと微笑んだ。

——その微笑みをきっと、彼女にもしているんだと思うと、嫌な気持ちになるし、早く別れてほしいなって、思うときがある。

今、この瞬間も、そう思った私は人の不幸を願っていて、最低だと思う。


「ねえ」

「何?」

「もう飽きたんじゃない?」

「え、何が?」

そう言って、いたずらに凛久は私のことを見つめてくる。

今だけは逃避的な、そんな些細な幸せを楽しみたい――。

だから、彼女に飽きたんじゃないのって、言いたかったけど、結局、私は胸の内を言わないことした。

「ハイボール」

「飽きるわけないだろ」

凛久は左手に持ったままのハイボールを口元に持っていき、それを飲んだ。

☆

十九時過ぎの大浴場は空いていた。

温泉に入り、大きな窓から、夜の海をぼんやり眺めている。

八階の高さから見る景色は夜でも十分、綺麗だった。

左側の低い位置にある月が揺れる海面を照らしていて、右手に見える函館山は雪で白くぼんやりと闇の中に浮かんでいる。ロープウェイの明かりや、函館山の麓のオレンジ色の街がぼんやり光っていた。

どこで間違ったんだろう――。
あのときの私は付き合う前に身体を許してもいいと思った。

だから、高校生二年生のあの日、私は凛久に身体を許した。

だけど、告白や愛の言葉をあまり重ねないまま、ただ、回数を重ねた。

ＬＩＮＥもそのときから、ほぼ毎日していた。

それでも、一向に告白なんて、お互いにしないまま、私たちは付き合っているのか、付き合っていないのかよくわからない状態のまま、半年近く経っていた。

次に会ったら好きだってこと、伝えようと思っていた。

だけど、次に凛久に会ったとき、凛久は私にこう伝えた。


好きな人ができて、その人から告白されて付き合うことにした。

だから、この関係はやめた方がいいと思う。

また、幼なじみとしていつも通りに――。


『戻れるわけないじゃん』って、強く言って、私は凛久の右腕を掴んだ。

そして、思わず、『セフレだったらいいでしょ。友達だし』って、意味不明なことを言って、私が無理やり、凛久のことを引き止めたみたいになって、私は凛久の正式なセフレになった。

そして、三年生になっても、お互いに気が向いたときに身体を重ねて、キスもしたけど、凛久は他の女と付き合い続けた。

それは高校を卒業して、別々の大学に行っても変わらなかった。


ただ、私は凛久の彼女になりたいだけなのに――。

あれから、二年近く経ち、十七歳だった私たちは十九歳になってしまった。

今も、私は溺れた恋を蘇生できないままでいる。

窓の外の世界では、雪がちらつき始めた。

凛久のことを、繋ぎ止めたら、いつか夜明けが訪れるかもしれないと思った。

その夜明けは、凛久の彼女になることなんだ。

きっと、結婚しても凛久となら、上手くいきそうな気がする。

だけど、きっと、凛久はそう思っていないんだと思う。

私は彼のふたり目として、隣にいればいいと思っているのかもしれない――。

想いを気持ちの底に沈めて、そっと湯船から上がった。

☆

「なあ、橙花。明日——。まだ空いてる？」

「——どのくらい？」

「夜まで」

「えっ。——いいの？」

驚きすぎて、三缶目の酎ハイを落としそうになった。

さっきまでモヤモヤしていた気持ちは一瞬でポジティブになった。

彼女より、私を選んでくれるってこと？

私と普通のデートしてくれるの？


ベッドサイドで隣に座っている凛久を見ると、凛久はそっと、微笑んでくれた。

「たまにはいいだろ。そういうのも」

「——これって、普通のデートにカウントしていいの？」

「——今も普通のデートだろ？」

そう言って、凛久は手に持ったハイボールを口元に持っていき、それを一口飲んだ。

確かに、彼と温泉に泊まっているデート。

それはもちろん、普通のデートなのかもしれない。


「だけど、普通じゃないのかもしれないな」

「今さら、気づいたの？」

「――幼なじみだから、自然か」

「セフレの時点で十分、不自然だよ」

いいよ、私は。

ただ、凜久のそばにいれたら、それだけで十分だから。

そんなことを考えている間にも、凜久はハイボールを飲みきったみたいで、持っていた缶をベッドサイドに置いた。

部屋に乾いた音が響いた。


「――なあ」

「何？」

「――最初に橙花とした日のこと、覚えてる？」

「実家で大人になった日のことでしょ？」

私は酔いに任せて、自分が言ったことを笑いながら、適当に返し、凛久に対し、優しく愛情を込めて返してあげた。


「それはそうなんだけどさ。今言おうとしたのはそうじゃないんだよ。あーあ、マジな話、しようと思ったのに」

「えっ、真面目な話なの？」

「そう、真面目な話だよ。あの日、言おうと思ってたことあったけど、今でもそれ、言えなくて後悔してるんだ」

「へぇ」

私だって、後悔してるよ。あの日のことは。

だけど、もう、仕方ないじゃん。

そんなこと言ったって。


そう思っているうちに、少しだけ、沈黙が流れた。

何か言おうかと思ったけど、結局、思いつかなかった。

「――まあ、いいや。あの日、タッチ見ただろ」

「うん、読んでたね」

「俺が見たページなんだったと思う?」

「えー、なんだろう」

「はい、時間切れ」

「早すぎでしょ」

「正解はボクシング部に入ったところでした」

「早すぎなんだけど」

それが面白くて、私はお腹に無駄な力が入るくらい思いっきり笑った。

すると、凛久もバカらしくなったのか、同じテンションで一緒に笑ってくれた。

「もう、どんなクイズ。それ」

「少しだけ思い出に浸るクイズ」

膝に乗せたままだった左手の甲に凛久は右手を重ねてきた。

温かいその感触にのぼせようと思ったら、右肩を掴まれ、凛久の方へ寄せられ、思いっきりキスされた。

☆

市電に乗り、ベイエリアまで行くことにした。

昨日の夜、ずっと雪が降っていたみたいで、もこもこでサラサラした雪が街中を白くしていた。だけど、空は突き抜けるくらい青くて、冷たい海風が時折、強く吹いていた。

朝も凜久と繋がったあと、レイトチェックアウトのプラン通り、十一時にホテルを出て、そのまま電停まで歩き、電車に乗った。

土曜日だからか、観光客もそれなりにいて、電車はあっという間に混み始めた。


「ねえ」

「何?」

「本当に私でいいの?　ベイエリアでクリスマスデート」

「電飾されている赤レンガ倉庫と、冬の港。海に浮かぶ大きいクリスマスツリー。今しか見れないもの、一緒に見たいじゃん、地元でも。たまにはベタな観光するのも、新鮮じゃない?　しかも、橙花とふたりで」

凜久を見ると、得意げにニヤッとした表情をしていた。

いや、そういうこと、聞きたいんじゃないんだけど――。

そう凛久に返そうと思ったけど、やめた。

昨日の夜、泣いたことなんて、絶対に知らないでしょ。

夜、彼が眠りについてから、私はそんな虚しさのせいで、その悲しさを我慢できなくなった。そんなことを考えている間も、電車は真っ白な函館の街をゆっくり進んでいる。


「――ねえ」

「何?」

「どうして、私たちって素直になれないんだろう」

「知りすぎてるんじゃない?」

凛久はそう言いながら、私の右膝を左手で軽くさすった。

「――真面目な話だったのに」

「別にそういう意味じゃないし」

「じゃあ、どういう意味なの?」

そう聞き返し、凛久を見ても、凛久は前を向いたままで、返事をしてくれなかった。

その間に電車が止まり、ガラガラと音を立て、ドアが開いた。

何人かの人が乗り込んでいる間に、冷たい空気も一緒に入ってきた。

そして、ドアが閉まり、再び電車は鈍いモーター音を立てながら、動き始めた。


「――ただ、橙花とずっといたいなって。そういう意味」

「なんか、口説かれてるんですけど」

そう冗談っぽく返したけど、本当はこのまま私から口説いてしまいたかった。

たぶん、口説くというより、今まで言えなかった気持ちをシンプルに伝えたいと、ただ、そう思った。


「こうやって、お互いに脇道にそれるからだろ。てか、そういう、できあがったノリだから、もう修正することもできないのかもな」

「あー、ひどいな。彼女にもそういうこと言ってるの？」

「言えたら苦労してないよ」

「あら、えらく真面目な回答だね」

私がそう言っても、凛久は何も返してこなかった。

しばらくの間、電車の甲高いモーター音と、レールをまたぐたびに、ガタンと揺れる鈍い音が響いていた。


十字街の電停を降りて、電停近くのイタリアンでパスタを食べた。

今日はよくわからないけど、やけに凛久との会話が弾んで、気がつくと二時間もお店で話していた。

お店を出るとき、iPhoneをちらっと見ると、すでに十五時を過ぎていた。


冷たい外に、また出て、ベイエリアの方へ歩き始めた。

金森赤レンガ倉庫までお互いに黙ったまま、歩いた。

時折吹く、強い風で雪が舞い、辺りを白くキラキラさせていた。

見慣れた地吹雪ですら、綺麗に見えるのはどうしてだろうと思いながら、その気持ちを凛久に共有しようと思ったけど、少しだけ躊躇う気持ちが出てきたから、結局、言わないことにした。

大きめの道を曲がり、路地を進むとレンガ倉庫が道路越しで向かい合っていた。

道の先には海に浮かぶ大きなクリスマスツリーが見える。遠くからでもオーナメントの赤い丸が、太陽の光をわずかに反射して、キラキラしていた。


「遠くからでも、やっぱり存在感あるな」

「そうだね」

ベッドでは手を繋ぐのに、外に出ると、私と凜久は別に手なんて繋がない。

なのに、そんなカップルっぽい、ありきたりな話をしてるのに、多くのカップルみたいに、クリスマスツリーの方には向かわず、右手に見える金森赤レンガ倉庫の広場へ続くゲートの方へ向かった。

黒い鉄筋のゲートに『金森赤レンガ倉庫』とレトロな書体の白文字で書かれていた。

ゲートをくぐると左側にレンガ倉庫の入り口があったけど、私たちはそれをスルーして、なんとなく広場の方に向かった。冷たい風に乗って、潮の香りがした。

左手を見ると、水路がまっすぐ、海まで続いているのが見えた。

水路の対岸はレンガ倉庫に挟まれていて、その護岸に一隻のヨットが浮いていた。

「入ってみたけど、さすがにベンチには座れないいな」とか言いながら、凜久は雪が積もったベンチに座る素振りを見せた。

「ちょっと、恥ずかしいからやめてよ」

「バカ。マジでやるわけないじゃん。びしょ濡れのまま、このあとも過ごすのは嫌だよ」と言って、凜久は笑い始めたから、

「もう。間に受けちゃったよ」

と私は返したあと、すっと息を吐いた。

白い息は、ゆっくりと空に昇っていった。


「あれ、鳴らそうぜ」

凜久は両手をコートのポケットに突っ込んだまま、首をくっと右側に上げた。

だから、私もその方を見ると、鐘があった。


鐘はLを逆さにしたようなレンガの柱に吊るされている。すでに何人かが、その鐘を鳴らしたみたいで、鐘の周りにはいくつも足跡が残っていた。

凜久が先に歩き始めたから、私はすぐに凜久の後ろをついていった。

凜久は、ポケットから両手を出すと、鐘の縄を両手で握った。

「いいよ。鳴らして」

私はニヤニヤしながら、凛久が鳴らすのを待つことにした。

だけど、凛久は縄から手を離し、私の方まで戻ってきた。

「え、どうしたの？」

「――橙花」

「何？」

「一緒に鳴らそう」

そう言うのと、ほぼ同じタイミングでさっと、右手を繋がれた。

今まで、凛久にしっかりと手を繋がれたことなんてなかったから、急に心拍数が上がり始めた。凛久の手はこんなに寒いのに温かいから、冷たい私が熱を奪っているみたいに思えた。

手を繋がれたまま、鐘の前にたどり着いた。


「ありきたりなネーミングだね」

柱についている看板には『幸せの鐘』と書いてあった。

「それがいいんじゃん。わかりやすくて」

凛久は左手に私の手を繋いだままで、右手で縄を持った。

だから私は仕方なく、左手で縄を持つと、せーのと言われたから、凛久と一緒に縄を振ると、しっかりと大きくて鈍い音が辺りに響いた。
そして凛久を見ると、お互いに顔を見合わせるような形になって、別に何が面白いのかわからないけど、笑い合った。

このまま、ふたりで笑い合えたらいいのに——。
こうして、ふたりで笑っていても、
私の心は笑うたびに寂しさで冷たくなっていくように感じた。
そんな、私の気持ちなんて気がついてなさそうに、凛久は笑い続けていた。

☆

二階の階段近くの席に向かい合って座った。
右手の吹き抜けのガラスから金森赤レンガ倉庫が見えている。
その手前に見える、枝だけの街路樹は、時折、風で揺れていた。

白い道を照らしている日はオレンジ色になり始めている。

まだ冬至から数日しか経っていない今日は、十六時の間に闇に包まれ、簡単に終わってしまうんだと、ふと思った。

私たちは、風で静かに揺れ、海に浮いているクリスマスツリーを見たあと、ベイエリアのスタバに入り、身体を温めることにした。

ずっと外にいて、身体が冷え切っていて、フラペチーノ飲むのは寒いよねって、他愛のない話をして、私たちは、限定のキャラメルラテを飲むことにした。

そのやりとりをすること自体、自分の中で、すごく恋人って感じがした。

だけど、私たちは恋人ではない。


そういえば、凛久とスタバに来ることも初めてのことだった。

高校生のときは親がいないタイミングを見計らって、私の家か凛久の家に行って、していたし、大学生になっても、そのベッドはホテルに変わっただけだった。


「なんか、こういう感じ初めてだな」

「そうだね。スタバデート」

「——今さらだけど、どうして橙花との話って尽きないんだろう」

そう言って、凛久はキャラメルラテを一口飲んだ。

——どうしてって、本当に、今さらだよね。

私は中学生のときから、もう気がついていたよ。

あのときから、私は凛久のことが好きすぎるから、話が尽きなかったんだよ。

だから、私だって、凛久に惹かれ始めた中学二年生のときに告白してたら、こんなもどかしい気持ちなんて抱えなかったのに。

凛久と自然体でずっと話すことが、私にとっては些細な幸福なの。

つまり、この恋に溺れたんだよ、私。

——本当にもっと早く告白すればよかったんだ、私から。

告白できなかった高校生のときから、私だって、別の人を探そうとした。

だけど、凛久のことが頭の片隅に残ったままで、何も考えられなかったんだよ。

だから、余計に後悔しているし、こんな曖昧な関係をずっと続けちゃったんだ。

もっと、私が素直に好きって高校生のときに言っていたら、もしかすると、今、凛久とこうしていることが当たり前の日々になっていたのかもしれない。

――だけど、私は失いたくない関係に甘えていたんだ。

君のことが好きだって、言い出せなかっただけなんだよ。


でも君は、この関係を続けるの？

じゃあ、幸せって、何？

君にとっても、私にとっても。


「なあ」

「何？」

「――高校生のとき、もっとこういうことすればよかったのかもしれないな。そしたら、俺たち、もっと上手くいってたのかもしれないな」

「――そうだね」

今さら、そんなこと言わないでよ――。

私だって、本当は高校生のときから、こういう当たり前のデートしたかったんだよ。

凛久と。


「なあ」

「今度は何?」

「橙花といると、やっぱり落ち着く気がする」

「――彼女、いるくせに」

私はぐちゃぐちゃしている気持ちを紛らわすために、弱く笑ったあと、キャラメルラテを一口飲んだ。


こうしないと、胸の奥から急に生まれた鈍さで、泣いてしまいそうだよ。

キャラメルラテの甘さが、そのつらさを和らげようとしてくれている。

それなのにさ。

私は内側の世界で溺れかけていて、冷たい深海まで沈んでしまいそうだよ。

このままじゃ、私、何かの弾みで、もう、壊れてしまいそうじゃん。

――だけど、さっき、私は電車の中で決めたんだ。

今日をしっかり楽しむって。


視線を凛久に戻し、私は無理やり微笑んだ。

凛久の表情がわずかに歪んだように見えたけど、私はそれを無視して、もう一口、キャラメルラテを飲んだ。

☆

スタバを出るとすっかり辺りは暗くなっていた。

ベイエリアは温かい雰囲気の電球色になっていて、悲しみなんてまるで最初からないくらい、綺麗な世界になっていた。

凜久と私は、また黙ったまま手を繋いで、闇の中にうっすらと白い輪郭が浮かぶ函館山を見ながら、その麓の方へ向かって歩いた。

十字街を超えて、白が電球色を反射し、まっすぐに延びる大きな坂が見えてきたとき、凜久は急に立ち止まった。

だから、私は凜久に引っ張られるようにしてその場に立ち止まり、凜久を見た。

冷たい風がぶわっと吹き、一瞬だけ、遠くの世界は地吹雪で白くなった。オレンジ色の街灯で照らされた白い道が一瞬、薄くなった。

そして、風がやむと、宙に舞っていた粉雪は、オレンジを反射する白へ、戻っていった。

「別れたんだ」

「――そうなんだ」

その言葉で一瞬、嬉しくなった私は、やっぱり他人の不幸を喜ぶ最低な人間だと思った。だけど、その罪悪感はやっぱり一瞬で消えてしまい、私は冷静にドキドキし始めていた。

「バカみたいだよな」

そう言って、凛久は、ふっと弱く笑ったあと、すっと息を吐いた。

その息は白く、ゆっくりと上がった。

「――行こう」

そう返して、私は凛久を引っ張るようにまた、歩き始めた。


私のこと、選んでくれるの？

そう口にしちゃいそうになった。

だけど、そう言いたいのをぐっと喉に力を入れて、我慢した。

八幡坂（はちまんざか）の広い道幅の両端に等間隔で植えられている街路樹は電飾されていて、幹から枝先まで電球色で暖かく染まっていた。

雪で白くなった坂はその電球色に淡く包まれていて、坂の先は海で、船のわずかな白い明かりが見えている。

坂の上にたどり着くまで、私たちは、また黙ったままだった。

繋がったままのお互いの手は、気がつくと冷たくなっていた。


「そんなこと自撮りする前に言うなよって感じだろうけど、撮ろうぜ」

私がゆっくり頷くと、凛久は慣れたように左腕をそっと私の肩にかけて、ふたりで身を寄せ合った。

その姿が凛久が持っているiPhoneの画面にしっかりと写っていた。

iPhoneのインカメラで見る私たちは恋人のように見えた。

凛久は何枚か画像を撮ったあと、

「可愛く写ってる。いい写真じゃん」と得意げにそう言ってのけた。

私はその言葉にまた、呆気にとられて、何も返事をすることができなかった。

「なあ」

「――な、何？」

「本当の幸せって、なんだろうな」

「それ、私に言う？」

「――相手も、浮気してた」

「そうなんだ」

「意外とドライな反応だね」

――違うよ。

好きな人に本当の愛なんて言われたら、私の我慢していた気持ちがものすごくつらいから、そういう反応なんだよ。

いい加減、気がついてよ、私のこと。

そんなことを考えていたら、私は高校生のあのとき、凛久に彼女ができたって言われて、惨めな気持ちになったことを思い出して、全部が悔しくなった。

もう、言っちゃおう。

もう、二度とこんな思いしたくない。

「――私と付き合った方が絶対、楽しいと思うよ」

「えっ」

服を着たままこうやって、真剣に凛久と向き合うのは本当に久しぶりな気がした。

昨日の夜、間接照明のなか、顔半分が陰っていた、凛久の表情をふと、思い出した。

「――もう、呪いを解いてほしい」

「――いいよ」

「えっ」

「――だから、いいって言ってるだろ。橙花のこと好きなんだよ。好きだってこと、今さら気づいた。遅すぎるだろ、俺。呪い解くよ、橙花の」

気がつくと、私は温かさに包まれていて、凛久の胸の中にいた。

いつもと違って、コートのウールの香りが、なぜか新鮮だった。


この瞬間の私たちをドローンで見ていたとして、ふたりが抱き合っているところから、ぐっと高度を上げていく。

上昇し、私たちが小さくなると、八幡坂のイルミネーションと海が見えてくる。

そこから、さらに高度が上がると、函館のイルカの尾っぽがオレンジ色に浮かんでいるところが思い浮かぶくらい、私は今、ものすごくふわふわしている。

――本当の私になれたのは二年ぶりかもしれない。
これからの私は、もう、君への想いを沈めなくていいんだ。
溺れた私の恋は蘇生したんだ。
気がつくと、昨日の夜とは違う涙が、頬を伝った。

# 彼との行為は<br>気持ちよくなんてなかった

冬野夜空

彼は初恋の人だった。

近所に住んでいて、昔から一緒だった。体が弱くて色白な身体は線が細く、綺麗な顔立ちをしていることから、女の子と間違われるような人だった。

ずっと一緒だった彼の存在が明日も感じられると信じて疑っていなかった中学二年の当時の私には、何も言わずに突然引っ越していった彼のことが理解できなかった。裏切られた、とすら感じた。

それから、私は本気で誰かを想うということに恐怖した。高校生になって、形だけの恋愛をいくつかこなして、人生経験として何度か好きでもない人と体を重ねた。つまらない女になったなと、自虐するくらいだった。

——こっちに戻ってくるらしいよ。

彼の話題が再びあがったのは、あの日から六年経った、成人の日の夜だった。

どこか空虚な気持ちを引きずったまま、意味もなく上京していた私は、そのとき付き合っていたメンヘラ気味な彼氏から『行かないでほしい』とせがまれて、泣く泣く成人式やその後の同窓会に参加しなかった。
だから、彼の話題があがっていたのを知ったのは、その日の夜に送られてきた友人からのメッセージだった。

彼も、成人式に参加していなかったらしい。

その知らせを受けたとき、妙な憤りを感じた。
私を引き止める恋人の信用の無さにも、私自身が彼との再会を恐れていることにも、再会の機に彼も訪れなかった事実にも。
そのすべてに腹が立っていた。

彼が地元に戻るらしい四月、新年度明けの季節に、私も地元に帰ることにした。

付き合っていた人には浮気されて、でも大して傷ついていていなかった自分に、変な危機感を覚えた。誰かに必要とされていたいのに、私自身は特定の人を必要としている、というギャップが私の恋愛感情を麻痺させているようだった。
彼と離れた中学生の頃から、私の心は壊れてしまったのかもしれない。そんな心を抱えて、壊した張本人の彼に文句を言いに帰ることにしたのだ。

再会はあっさりとできてしまった。

「あっ」

そんな互いの声が重なった。
地元に帰るための東京の新幹線。予約していた指定席の、斜め前が彼の席だった。
私の隣にいた乗客が、私たちの反応を見て気を利かせて彼と席を交換してくれたらしかった。気がついたときには隣に彼がいた。

地元に帰るまでもなく再会した彼と、どうしてか隣同士の席で新幹線に乗っているという現状で、それでも昔と変わった彼を横目で見やる。
私よりも身長が低かったはずの彼は、生意気にもひと回りは大きくなっていた。
長めのセンター分けした髪を耳の方まで流し、昔はいじられることもあった色白な肌や女の子のような綺麗な顔立ち、その身体の線の細さは、むしろ現代では好まれる中性的な美しさになっていた。

「久しぶり、だね」

少し低くなっている彼の声を耳にして、鼓動が速まるのを感じた。

「うん」

当時、確かに私はあなたのことが好きだった。好きだったけど、こんなに異性として意識したことはなかった。

私が男というものを多少知ってしまったからか、彼が変わったからかわからないけど。

最初こそぎこちなかったけど、私の話を彼が小気味よい相槌を打ちながら聞いてくれるという昔の感覚を思い出した頃には、気づけば二時間近くも話し込んでいた。

やっぱり、彼との時間はしっくりきた。

好きだった気持ちに間違いはなかった。

関係を持った今までの異性とは全然違う。

そう再認識してしまった。
私の好きは、あの日から一歩も動いていなかったんだ。

だから、聞いた。

「どうして、何も言わずにいなくなっちゃったの？」

申し訳なさそうに少し俯く彼。
伏せた瞳は長いまつ毛と綺麗な二重に彩られていて、見入ってしまうくらい美しい。
「さよならって、言いたくなかったから。なんて言えばいいかわからずに迷っているうちに……」

優柔不断な彼らしいと思った。
今こうして再会しているように、時間がかかってでも会えるかもしれないのに。そう思わずにはいられなかったけど、もういいのだと思った。

「また会えたし、いっか」

「……そうだね」


未だ気落ちしたように伏し目がちな彼が視界にいる。彼という存在を、今の私は感じられている。それが大切で特別で、私がずっと待ち望んでいたことのように思えた。

思えて、ふと、一言漏れ出ていた。

新幹線の車内。

まだ、あと二時間近くは乗車しているだろうタイミング。

適切な場所やタイミングでないことくらい、ちゃんと考えずともわかっただろうに。

でも、私の口からはそれが発されていた。


「ね、私たち、付き合わない?」

言って、自覚して、やってしまったと頭を抱えそうになりつつも、これが本心なんだなと再認識して、しっかりと彼にまっすぐな視線を向ける。

「六年前、あなたがいなくなって自覚した。私はずっと好きだったよ」

けれど、私の言葉に返答はなかった。

一瞬嬉しそうに笑みを浮かべて、でもバツが悪そうにそれを引っ込めて、少し迷ったような表情に切り替えると、再び私に向けたのは、申し訳なさそうに浮かべる偽物みたいな笑顔だった。

決して否定されたようには、拒否されたようには感じなかった。ただ、あったのは、抵抗感。

長年の片想いは玉砕したのだと、そう感じていると、彼は口を開いた。

「その言葉への答えになるとは思わないけど」
「うん?」
「こんなこと言ったら軽蔑されてしまうかもしれないけど」

「だから、なに？」

「俺からひとつだけ、お願いがある」

煮え切らない彼の言葉は、けれど次の思いもよらない一言で、私を唖然とさせた。

私のした告白の印象が薄れるくらいの、彼の口から出てきたとは到底思えない言葉を、私の鼓膜に響かせた。

「君を、抱かせてほしい」

彼の言葉に呆気にとられた私だったけど、結局断ることなんてできなかった。

きっとずっと、そう望んでいたことだったから。

目の前にいる異性を、いつだって彼に重ねて見ていたような私だから。

私たちは新幹線を途中下車して、駅前に並ぶタクシーを一台捕まえて、適当なラブホテルに入っていた。

「えっと、結構遊ばれてるんですか……？」

緊張からか、変な敬語が混ざってしまった。

適当に処女を捨てた私が聞けることでもないけど、やっぱりどれだけの経験を積んできたのかは気になってしまう。

遊びでも仕方ないと思いつつ、遊び相手のひとりという彼の中のポジションにはなりたくなかったから。

「そんなことないよ。こういう場所に来たのも初めて」

「そうなんだ……」

なぜだかホッとしつつも、この思いもよらなかった現状には胸の高鳴りが抑えられない。

私の鼓動音が、彼にまで伝達してしまうのではないかと、そんなことを考えてしまう。

そう考えているうちに、彼は私を抱きしめた。

大事そうに、私の存在を隅々まで確かめるように。

これが、私を振ってワンナイトだけを望んだ相手のハグだとは思えなかった。

ハグだけでは飽き足らず、彼の骨張った手は私の身体へと伸びる。その指先が首筋に触れると、たちまち喉元に昇ってくる声をどうにか抑えた。

その手が胸に伸ばされたところで、私は理性を手放したのだった。

彼との行為は、気持ちよくなんてなかった。

おざなりな愛撫（あいぶ）に、慣れていないリードの仕方、慎重すぎて熱の足りない行為。

それでも、彼との行為は、気持ちがよかった。快楽なんてどうでもいいと思えるほど、彼から向けられる視線や言葉、その息遣いにとてつもなく興奮して、人生でいちばん記憶に残る行為になった。

「先に帰っててもらえる？」

彼はそう言って、その場で別れることを望んだ。もしかしたら付き合えるのかも、なんて希望は早々に打ち砕かれた。

気まずいまま新幹線にふたりで乗り込む必要がなくなったのはよかったけど、少し寂しかった。

それでも、同じ街にこれから住むのだから、いつでも会えるだろうと、そんなふうに思っていた。


でも。

それから、
彼と再会することはなかった。

当たり前のように、翌日も彼に会えることを信じて疑わなかった昔の私から、私は一切成長していない。

彼の訃報を聞いたのは、私が彼と繋がった日から三か月が経った頃の初夏のことだった。

病気、だったらしい。

中学の頃に東京に渡ったのは治療のためで、今回地元に帰ってきたのは治療を断念したからと、知人から聞いた。

葬儀にすら私は呼ばれなかった。その程度の相手だったのだと落胆していると、彼の母親が訪ねてきた。一枚の手紙を渡しに来てくれたらしい。

彼の筆跡が残る手紙。

そこには、私との思い出が主に書かれていた。そして、最後。

【葬式に呼ばなくてごめんなさい。きっと、除け者にされたと怒ったかもしれない。

でも、嫌だったんだ。

君には、死人の俺でも、病人の俺でも、幼なじみの俺でもいたくなかったから。

俺は、君にとって男でいたかった。

だから、死んだ姿なんて見せたくなかった。

自分勝手でごめん。
今までたくさんありがとう。
心の底から、大好きでした。

来世では再会して、恋人になりたいな】

読み終えた途端、脚の力が抜けてその場に座り込み、彼の言葉が脳裏に巡った。
巡って、意味を理解して。

「…………あぁ、ああ――っ」

言葉にならない声を漏らして、泣いた。
彼の母親が前にいようと、関係なかった。
人目も憚(はばか)らずに泣いて、泣いて、泣いた。
私に病気のことを言わなかったのも、離れようとしてきたことも、抱いてくれたことも、そして恋人になろうとしなかったことも、その全部が、彼の優しさだと気づいた。

自分が先が長くないと理解していたから、相手との時間に責任を持てないと、悲しませるとわかっていたから、関係を進めなかった、彼の優しさだったんだ。

「――ありがとう」

何に対してかわからないけれど、ただその言葉が口をついた。

私こそ、ずっとずっと大好きだったよ。来世は、私をあなたの恋人にしてください。

Profile
プロフィール

青山永子……1999年福井県生まれ、天秤座。前筆名は、灯えま。2021年『大好きなキミのこと、ぜんぶ知りたい』でデビュー。2022年野いちご大賞で『きみは溶けて、ここにいて』が特別賞を受賞。

音はつき……埼玉県在住。2020年『未だ青い僕たちは』で作家デビュー。音楽プロデューサー＊Lunaの楽曲「アトラクトライト」コラボ小説『僕が恋した、一瞬をきらめく君に。』、「ラズライト」コラボ小説『僕らの奇跡が、君の心に届くまで。』や、『僕の零した涙の雨が、君の光となりますように。』（すべてスターツ出版）、など著作多数。

小原　燈……群馬県在住。第49回ノベマ！キャラクター短編小説コンテスト『ワンナイトラブストーリー』にて『初恋の終着点』が優秀賞を受賞。スターツ出版文庫では、同作を収録したアンソロジー『ワンナイトラブストーリー』が初めての刊行となる。

小桜菜々……北海道出身。『またね。』で「野いちごグランプリ2013」ブルーレーベル賞を受賞しデビュー。著作に『君にさよならを告げたとき、愛してると思った。』『この恋が運命じゃなくても、きみじゃなきゃダメだった。』『花火みたいな恋だった』などがある（すべてスターツ出版）。

椎名つぼみ……東京都在住。10代から執筆活動を続けシナリオライターとしての経験を積み、本作で書籍化デビュー。心の機微にフォーカスした甘くて切ない恋物語を得意とする。好きな物はMダックスと苺雑貨、ダンス鑑賞。座右の銘は「逆境こそ楽しめ！」

蜃気羊……北海道出身、長野県在住。書店勤務を経て、執筆を始める。短編集『それでもあの日、ふたりの恋は永遠だと思ってた』に著作「君の告白を破り捨てたい」を収録。2024年『ありのままの私で恋がしたかった』で単著デビュー。著作に『超新釈　エモ恋万葉集』がある(すべてスターツ出版)。切ない記憶を想起させる詩や超短編をX(@shinkiyoh)に投稿している。

綴音夜月……宮城県出身。10代から執筆を始め、2024年『5分後に涙』アンソロジーの収録作品（スターツ出版刊）でデビュー。帰り道を遠回りしながら知らない道を探り歩くことが好きです。「スターツ出版文庫 byノベマ！」などのWEBサイトで執筆活動を継続中。

**ねじまきねずみ**……ねじまきが名字でねずみが名前です。グラフィックデザインやイラストの仕事をする傍ら、小説を執筆。どこかの誰かの日常を閉じ込めたような空気感の物語を目指しています。「スターツ出版文 byノベマ!」をはじめ「野いちご」や「ベリーズカフェ」などのWEBサイトで執筆活動を継続中。

**冬野夜空**……埼玉県在住。大学在学中の2019年『満月の夜に君を見つける』にてデビュー。同書は累計10万部突破。『一瞬を生きる君を、僕は永遠に忘れない。』は累計25万部を突破し大ヒット。TikTokで話題の『すべての恋が終わるとしても』シリーズは累計50万部を突破(すべてスターツ出版刊)。

**メンヘラ大学生**……連作短編集『君に選ばれたい人生だった』(KADOKAWA)が大ヒット。SNSに投稿している恋愛に関する切実な思いは、多くの人から共感・支持されている。

**りた。**……私を見つけて下さって有難うございます。中学生の頃から小説を書き始め、念願の書籍化と言う夢を叶えることができました。ペンネームの、りた。は利他的でありたいという想いから名付けました。私の綴る物語が、誰かの心の何かになれますように。そんな願いを込めて作品を紡いでいます。

**ファンレターの宛先**……〒104-0031　東京都中央区京橋1-3-1
八重洲口大栄ビル7F　スターツ出版(株)書籍編集部気付
青山永子先生/音はつき先生/小原　燈先生/小桜菜々先生/椎名つぼみ先生/蜃気羊先生
綴音夜月先生/ねじまきねずみ先生/冬野夜空先生/メンヘラ大学生先生/りた。先生

# ワンナイトラブストーリー

一瞬で永遠の恋だった

2024年12月28日　初版第1刷発行

著　者　青山永子©Eiko Aoyama 2024
音はつき©Hatsuki Oto 2024
小原　燈©Ohara Akari 2024
小桜菜々©Nana Kozakura 2024
椎名つぼみ©Tsubomi Shiina 2024
蜃気羊©Shinkiyoh 2024
綴音夜月©Tsudurine Yoduki 2024
ねじまきねずみ©NejimakiNezumi 2024
冬野夜空©Yozora Fuyuno 2024
メンヘラ大学生©menheradaigakusei 2024
りた。©Rita. 2024

発行者　菊地修一

発行所　スターツ出版株式会社
〒104-0031東京都中央区京橋1-3-1
八重洲口大栄ビル7F
TEL 03-6202-0386（出版マーケティンググループ）
TEL 050-5538-5679（書店様向けご注文専用ダイヤル）
https://starts-pub.jp/

印刷所　大日本印刷株式会社
Printed in Japan

ＩＳＢＮ　978-4-8137-9405-9　C0095



この物語はフィクションです。
実在の人物、団体等とは一切関係がありません。